（1856年38歳のソロー、コンコード・フリー・パブリック
ライブラリー所蔵）

（一八五四年三十六歳のソロー
コンコード・フリー・パブリックライブラリー所蔵）

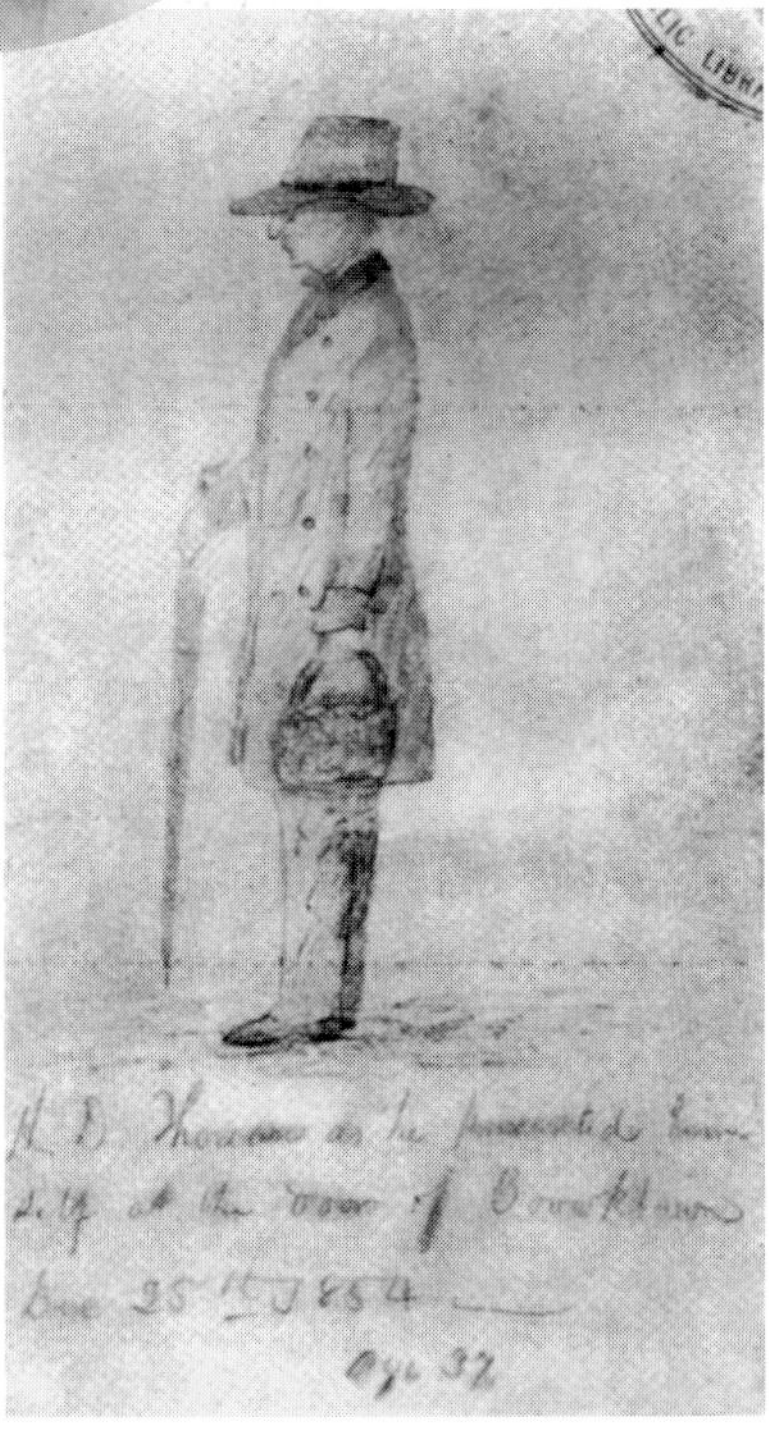
（ダニエル・リケットソンによるソローの全身のスケッチ
コンコード・フリー・パブリックライブラリー所蔵）

（コンコード市・スリーピー・ホーロー墓地にあるソローの墓）

（ウォールデン湖畔のソローの小屋のレプリカ）

（バージニア通りの生家跡）

（ウォールデン湖　一九九五年九月）

（ソローの測量用コンパス）

（コンコード・フリー・パブリックライブラリーに常設されたソローのコーナー、遺品が展示してある）

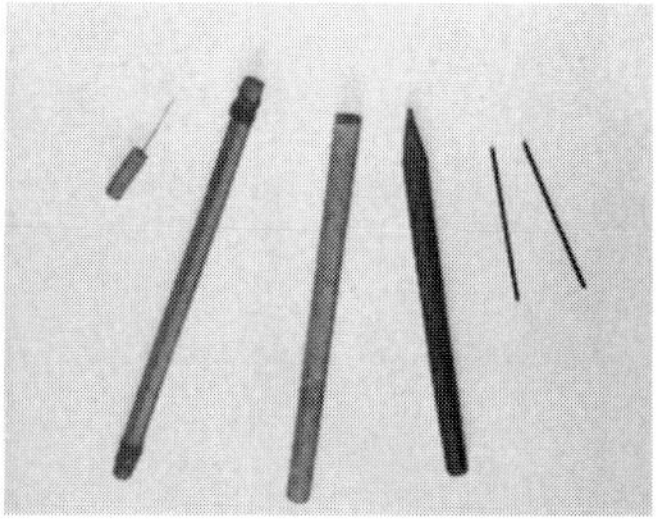
（ソローが改良した鉛筆とシン）

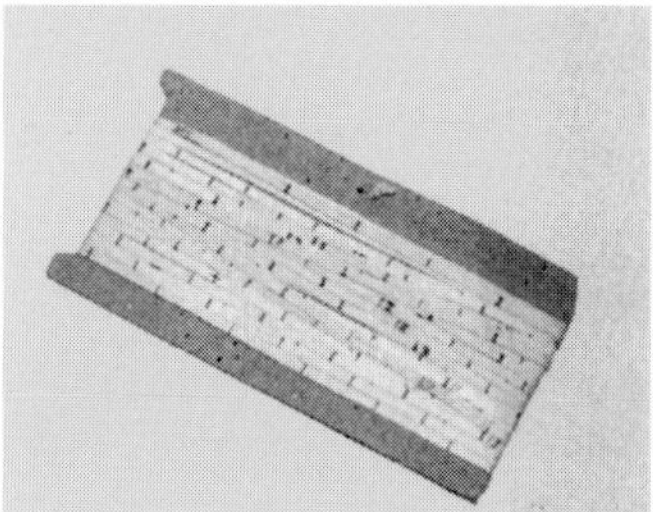
（ソローが測量用に作ったメジャー）

ソロー流 究極のシンプルライフ

毛利律子
MOURI Ritsuko

文芸社

＊この本は、1996年に自費出版し、すでに絶版になった『ソローとはこんな人』を大幅に変更、追加執筆したものです。

　また、手引書を意図して構成しましたので、ヘンリー・ソローの原著の展開に沿ったものではありません。

『森の生活』本文から抜粋して引用した部分をゴシック体にしましたが、本文通りではありません。

解説は筆者によるものです。

参考文献
Walden, The writings of Henry David Thoreau, ed, J.Lyndon Shanley, Princeton New Jersey, Princeton Univ. Press. 1973
The Journal of Henry David Thoreau, 1837-1861
By HENRY DAVID THOREAU
Preface by John R. Stilgoe, Edited by Damion Searls, NYRB Classics, Nov 24, 2009
The Days of Henry David Thoreau, Walter Harding, Dover Publication, New York, 1982.
The White Plague: Tuberculosis, Man and Society, Dubos, Rene and Jean. Rutgers University Press, New Brunswick, New Jersey, 1996
Selected Papers of Haven Emerson: Published on the Occasion of His Seventy-Fifth Birthday, October 19, 1949

翻訳は筆者自身による。

序

二〇二〇年、COVID-19のパンデミック禍で、今を生きる私たちは、「ソーシャル・ディスタンス」を守る生活を強いられた。COVID-19が世界に与えた計り知れない個人的な損失と悲しみは補えるものではないが、その中で、自立した孤独生活を営むこと、自分なりの健康管理法を実行すること、歩き回ること、食べ物をゼロから用意して調理することの必要、身の回りを見直す価値を再発見している。

経済活動の減速は、一方で現代人に長期的な、価値ある生き方の展望をもたらしていないか。私たちは、従来の社会的、惰性化した慣習から脱却できるか。

今こそ、人生のありかたを考え直すときと捉えるべきか。しかし、このような考え方は、実は遠い昔からの提言として繰り返し唱えられてきたようだ。

およそ一五〇年前に、アメリカ合衆国、マサチューセッツ州のコンコードに若き哲人がいた。名前をヘンリー・ディビッド・ソロー（一八一七－一八六二）といった。彼は『ウォールデン―森の生活』という文学的思想書を残したが、超絶主義の哲学者、詩人、環境科学者でもあった。森の中に自分で造った家で、孤独で簡素な生活を実験。その結果をもって文明社会の人々へ敢えてシンプルライフを勧めた。

ソローには証明したいものがあったのだ。彼自身に対しても、後世の人々に対しても……。それは、『生活をできるだけ簡素にすると人間はもっと賢く幸せに生きられるのではないか。それを実践して証明し、世の中の人々に知らせたい』と思ったのである。

ソローは言う。

「生活のためにぎりぎりのところで必要なものは何か、それを仕入れるためにどんな方法がとられてきたのか。それを知るだけの目的でも、薄っぺらで人工的な文明社会を離れて生活をしてみる価値はあるだろう。未経験のことを耕し、自分なりの手作りの生活が楽しめるはずだ」

ソローの『ウォールデン―森の生活』から導かれたシンプルライフの知恵は、究極の知的生活を送りたいと願う人へのメッセージである。

ソローは言う。

「人生の究極の幸せは、自然の中に身を置いてこそ見出せる。現実社会と少し離れた距離を保ちながら、五感を研ぎ澄まし好奇心の赴くまま、好きなことに取り組む。すると、これまで気が付かなかったこと。分からなかったことが分かる面白さを発見する。これは続ける価値があると確信する。活力のようなものが湧いてきて、楽しんで生きている自分を発見する。自然の中で、少し不自由な孤独生活は、人生で最も重要なものは何かを再調整する力を促すのだ」


ソローは、人は豊かになっても、いや豊かになったからこそ身の回りを簡素にし、清々しく暮らすことを忘れてはならないと考えていた。こうした考え方は誰にでもやすやすと受け入れられるものではないが、いつの時代にも力強く生き残る力を備えている。『ウォールデン―森の生活』は小説のように一気に読むというよりも、あるとき、日々の暮らしの中でふと将来が不安になり、臆病でつまらない生き方を選択していないか、山に登って、あるいは海を眺めて、人生を考えようかという気持ちがよぎったとき、そういう時に読んでみるのは良いかもしれない。ソローの残した言葉に耳を澄ますと、時代を超えて賢く生きるヒントを投げかけてくれるかもしれない。ソローは博覧強記の人で、膨大な古典からの引用などが各章に登場し、哲学者ソローの筆致は少々難解なところがあるが、孤独な知的生活を彩る贅沢な本としても楽しめるであろう。

そのため、ここではソロー流シンプルライフの極意を拾ってみた。加えて、ソローを初めて知る人のために、彼の言葉に解説を付けた。一度は、本格的にソローの思想に向き合うことをお勧めしたい。

はじめに

　ヘンリー・ディビッド・ソローは生涯で三冊のエッセイを残したが、その中でも『ウォールデン―森の生活』は、学術的には哲学の概念を生き方として再生する試みと評価されている。思想は、その人の人生に反映されるからだ。

　この作品には、ソクラテス以前からヘレニズム時代のギリシャ・ローマの古典、さらにインド・中国の古代経典、思想などが含まれる。デカルト、ジョン・ロック、コールリッジ、ドイツ理想主義、そして友人のラルフ・ウォルドー・エマソンの哲学に精通しており、それらが、この一書にちりばめられ、粛々と人生の真理に迫る。

　一方、ソローは博物学者、環境科学者と評価されるが、それはこの本の中で、フンボルトやダーウィン、アメリカ合衆国の先住民族や原始の人々をたびたび登場させ、彼らにその豊かな知恵を語らせ、実相を証明しようと試みたからだ。物語として、多くの伝説を語るが、それらは人間を含む自然界の織り成す不思議な現象から生まれたものであった。

最終章では、彼の冷静で透徹した自然観察によって、彼自身と世界の哲学的探求を身体化させた知覚の認識論と、精神的および物質的生活の非二元論的（俯瞰して世界は全体で一つと捉える）記述を発展させている。

現代の地球環境問題活動家は、ソローを自然保護の先導者と位置づけている。

さらに、ソローの政治的見解をまとめた『市民の反抗』は、非暴力不服従の精神で世の中を改革しようとする人々が旗印として掲げている。彼の未完の原稿には、ネイティブ・アメリカンの宗教、文化に関する情報が満載されており、アメリカの初期移民史研究に多大な貢献をもたらすものであると評価されている。

ソローの記述によると、一九世紀アメリカの東部は産業革命が本格的に始まり、人々はその行き過ぎた生産力から生み出され、氾濫する物を取捨選択する判断が麻痺し、物質的欲望を満たすために、「自分らしい仕事に就けない」状況の中で生きていた。冒頭の「経済」の章では、資本主義的な都市化したニューイングランドで、消費主導になった人々の物質的欲求をヒドラの頭にたとえ、「一つの頭が押しつぶされるとすぐに二つ目が跳ね上がる」と指摘している。

ソローの目には、町の人々が「静かな絶望」の中で生活しているように見えたのであった。

当時と比較すると、今日の世界の人口は五倍以上になり、人類が及ぼした地球への影響は深刻さを増すばかりである。

ソローは消費社会を否定しているわけではない。皆が裕福になったが、そのために自分の人生を複雑に、ややこしくしている、そう言いたいのだ。

どうでもいいことが一大事となって、不幸になる人も多い。社会が豊かになって恵まれて平和であるはずの日常は、そこらじゅうが腹立たしいことだらけである。社会から突然消えるように独居生活を始める人は、常に社会に対して怒るが、そういう人は自然に対しても、他人へも無愛想、身の回りは乱雑で自分自身を知らなすぎることがある。片や、無秩序に馴れ馴れしすぎて、相手の世界に無断で入り込み、互いの関係を破綻させることが多すぎる。現代社会では、どうしたら一日を楽しく幸せだったと感謝し、満足した気持ちで眠りにつくことができるだろうか。

盲目的に、愚かに不相応な消費を繰り返し、その物のために、「一生奴隷のようになって働くことは幸せであるはずがない。それでは労働する意欲も、生きる価値も失くす」。ソローは言う。

「買い集めた物に囲まれて生きることは、君の価値を高めない」と。

「物を買い集める前に、君の身の回りを観察しなさい。無分別な中で人と群れ、物を買い漁ることで君は本当に満足しているのかい？　自分らしい生き甲斐を見つけることが大事だよ。一人になって、まず、自分の人生にとって選り抜きの贅沢は何かを極めようよ」と呼びかけているのである。

それにはまず、経済を見直し、「食物、住居、衣類、燃料」を簡素化しよう、と促す。

「多くの生き物にとって、生活に必要なものは一つしかない。それは食料である。とにかく、動物は、食べ物とねぐら以上のものは求めない。しかし人間にとって、必要な物はすべて、『食物、住居、衣類、燃料』の四つの項目のどこかへ入れることができるだろう。それは、これらの条件を確保するまでは見込みのある生活の、本当の問題を考えることができないからだ。人間は住居だけでなく、衣類や料理をすることを考え出した。そして、たぶん、偶然に火の暖かさを知り、やがてそれを使いこなせるようになり、ついには火のそばに座るという贅沢を発見した。贅沢を求める気持ちは際限なく広がり、無駄なものさえ、身の回りから除くことはできなくなる。

身の回りにあるものの価値を知ろうともせず、何かにひたすら煽《あお》られて、遠くばかりを見るようになり、不必要な燃料、時間、お金を使って、『自分探しの旅』という絵空事を追いかける」

ソローの言う「貧しい文明人」とは何を指しているのだろう。

「世の中の人は、大きな家、便利な物、贅沢な服や食べ物などを限りなく求めるが、それを手に入れたからといって満足しているようには見えない。むしろ、それらを手に入れたそのときから、それを持ち続けるための苦労が始まるのだ」

「快適に過ごすには必要最低限の物でいいのではないだろうか」

「ほとんどの贅沢やいわゆる人生の慰めと言われるものの多くは、人間の向上にとってどうしても必要というものではない。それどころか、明らかにそれを妨害するものなのだ」

簡素に生きるということは、貧しく生きるということではない。ソローは老子の言葉を引用して、「【人々は足るを知る】という感覚が鈍くなっているのだ」、と指摘する。

「生活の中にあふれている無駄を整理して必要な物を選び出し、日々を賢く創造的に上手に暮らすことを探そう。文明の力を使うことも必要だ。しかし、必要以上の物を買い集めるうちに、それらは次から次に不要になり使い捨てられていく。時間の使い方もそうだ。無駄なことに時をすり減らしていないか」

「文明人というのは、経験豊富で賢い未開人なのだ。ちょっと工夫して生活をシンプルにすれば、もっと賢くなれる」

「人間がシンプルに賢く生きさえすれば、人生はちっとも辛いものではなく、むしろ日々、新たな発見の悦びに浸ることになるだろう」

目次

ウォールデン湖畔で自給自足を始めるまでの解説

ヘンリー・ディビッド・ソローという人

ヘンリー・ディビッド・ソローは一八一七年七月一二日、アメリカ東部マサチューセッツ州コンコードのバージニア通りにある、鉛筆工場を経営するジョンとシンシアの次男として生まれた。船乗りだった祖父がフランス移民で、父はボストン生まれ、母はニューハンプシャー生まれだった。

ヘンリーの姉はヘレン、兄はジョン・ジュニア、妹はソフィアといった。

成人後のヘンリーは身長が約一六八センチの中背で、なで肩だった。とても姿勢の良い人で、いつも背筋をピンと伸ばしていた。腕は長く、手や足は小さいほうだったが、両足は頑丈で、まるで軍人のように広い歩幅で足早に歩くのだった。豊かで濃い栗色の髪は絹のように柔らかかった。古代ローマ風の大きな鉤鼻《かぎばな》は威厳と品格を醸していた。

深い光を湛えたブルーグレーの大きくて澄んだ瞳は、最も印象的で、ソローという人をよく表現していた。瞳の放つ色は、のちに彼が「大地の目」と呼んだウォールデン湖の水の色に似て、深い光の色が彩なす透明の水晶のようであった。

ソローは考え事をするときは必ず、口をすぼめる癖があった。そして、彼はどちらかといえば禁欲的な性質の人で、生真面目で、向上心が強かった。しかも、「正確に視て、聞く」才能がひときわ優れており、この才能をもって自然を洞察する哲人となった。

ソローの兄弟はいずれも読書好きであったが、それは父親譲りであったという。母シンシアはなかなかのしっかり者で働き者、そして熱心な奴隷解放支持者でもあった。彼女は町の婦人慈善協会の副会長を務め、奴隷制反対婦人協会設立メンバーで役員もしていた。当時一家はあまり裕福ではなかったが、家計をやりくりして、子供たちが快適な日々を過ごせるように心がけていた。それだけでなく、貧しい隣人への心配りを大切にした人であったという。活発で正義感の強い母親の性格は、ソローの誠実な生涯に最も大きく影響を及ぼしたであろうと言われている。

ソローは生涯をコンコードで暮らした人だった。コンコードは、マサチューセッツ州の州都ボストンから二七キロほど離れたところにある町で、アメリカ独立戦争の古戦場として有名である。現在でさえ人口が一万七千人ほどのこぢんまりとした、豊かで美しい自然に囲まれたこの町は、ボストンのベッドタウンである。ソローの頃の町の人口は二千人足らずで、アメリカの新しい時代を代表する思想家、作家、教育家といった当時の優れた知識人たちが住んでいた。彼らは互いに親交を結びながら、それぞれが独自の活動分野を開拓していた。

ソローの友人で、アメリカを代表する思想家、ラルフ・ウォルドー・エマソンとは家族ぐるみの付き合いをして、ソローはエマソン家の子供たちが最も慕っていた家庭教師であった。『若草物語』の筆者、ルイザ・メイ・オールコットは幼馴染みのソローを敬愛して、物語の中にソローも登場人物の一人として描いた。

コンコードは小さな町だったので、ソロー一家にとって町の人々は良き友人であり、隣人であり、サークル仲間のようだった。ソローは青年になっても、あたかも子供のように町の行事に参加した。さまざまなパーティーや、干し草を積んだ荷車に乗って農家の手伝いをした。隣人とのピクニックや、アイススケートなどにも、積極的に参加して楽しみ、町の人々から愛されて育った青春時代であった。

一八三四年、ハーバード・カレッジ（現・ハーバード大学）に入学したソローが最も魅了されたのは図書館であった。そこで古典の書物に埋もれるような日々を送った。そうしたことから、彼の知的成熟ぶりは目を見張るほどであった。ソローは、「世界中で一番立派なところで、その上全くおあつらえむきの時機に自分が生まれ合わせた」ことを誇りにしていた。このころボストンは産業革命による工業化の波に乗って、周辺の町も、コンコードも経済的に活発になった時代であった。

しかし、一八三六年五月二一日、彼は病気のためにやむを得ず大学を休学せざるを得なくなった。あいにく、彼の病気の正確な特徴を詳細に、今日に伝える記述は残されていないが、その病気は結核の最初の徴候であった。一九世紀のニューイングランド地方は、急速に拡大・発展した産業の機械化によって、工場に従事する人々の間に結核が蔓延していった。

最初の仕事は教師だった

私がハーバード大学を卒業（一八三七年）したころ、社会は建国以来初の深刻な経済不安を経験し、どんな仕事でもありつけたら幸運だった。そんな中で、私は公立学校の教師に採用されたが、二週間で辞めた。なぜなら、学校の方針は、「鞭《むち》の使用をやめたら子供がダメになる。学校を腐らせてしまう」というものだったからだ。教育委員会の理事が、「どんなに小さな過ちやいたずらも見逃さず鞭を使って厳しく躾ければ、子供はダメにならない」と言う。

しかし私はその方針に断固反対だ。「子供たちは叩かれることに慣れてしまうと痛みに対する感覚が鈍ってしまう。子供はそんなことから何を学ぶというのだ」

このような教育法は間違っている。自分の主義に合わない。私はすぐにそこを辞めた。そして友人の思想家に就職の依頼の手紙を書いた。

「私は教育を教師にとっても、生徒にとっても有意義なものにしたいのです。人生の目的だと言えるこの鍛錬が、教室で行われるものと街頭で行われるものとが別々であっては困ると思うのです。

私たち教師は、生徒と机を並べて学ぶものになろうと努めねばなりません。もしも生徒にとって役に立つ教師になろうとするなら、生徒とともに学ぶだけでなく、生徒についても学ばねばなりません。しかし私も、この問題の難しさが分からないわけではありません。第一これには、めったに恵まれるようなことのない、人間の威厳にふさわしい自由が必要だからです」

しばらくして、ソローは最も尊敬する兄のジョンとともに学校を開いた。

注―現在の名門コンコード・アカデミーの前身である。一九二二年に再開され、ハーバード大学やアイビーリーグの予備校としての側面も担って運営されている。当時、ソローの家に下宿して学校に通っていたエドモンド・クインシー・スウォール・ジュニア（Edmund Quincy Sewall Jr.）の日記に若きソロー兄弟によって運営されていた学校の様子や兄弟の教師像の詳しい記述がある。それは、現存する文献の中でも一級資料であると認められている。中でも、エドモンドがコンコード・アカデミーに在籍してから数か月後、最初にジョン、次にヘンリーがエドモンドの妹エレンにプロポーズをしたが、結婚に至ることはなかったこと。その時に書いた彼の詩の解釈を巡って今日も議論は尽きない。ヘンリーは生涯独身を通した。

兄は一階で英語と数学を教え、私は外国語と科学や自然博物学を教えた。私たちは進歩的な授業計画を実践した。当時、当たり前だった丸暗記法の代わりに、何事も実験して理解し記憶することや、対話式授業であった。

学内では、体罰を行わない代わりに、生徒には厳格な約束を守らせた。

それは次のようなことだ。

まず、入学時に生徒一人ひとりに勉強したい科目を具体的に確かめる。

「君が本当にその科目を勉強したいなら、先生もベストを尽くして君とともに学ぼう。しかし、君は一生懸命に勉強に励まなければならない」

私たちはこの約束を生徒に徹底した。こうした方針は、生徒の親からも厚い信頼を得るようになった。

私たちはたびたび生徒をハイキングに連れて行き、野外授業を行った。数学を教えるには測量機器を使った実地訓練の教授法も取り入れ、観察の基礎を指導した。当時、「野外授業」などというのは誰も聞いたことがなかった。体育の授業では、アイススケートの滑り方なども教えた。これらは斬新な教育法で、私は生徒の誰よりも楽しんだ。兄も私も、生徒と心を一つにして野外授業を楽しんだのである。

私はたくさんの鳥の種類、野生の花、果実の種類、森の生き物のことを知っていたので、それをできるだけ面白く、詳しく話して聞かせた。すると子供たちは、いつも眼を輝かせて聞いてくれた。

授業では、自然には色も香りもあることを教えた

私が生徒に最も教えたかったことは、自然は単に好奇心の対象ではなく、色も香りもある生き物であること。まず、自然に分け入り、自然を愛し慈しみ、尊敬して、自然を経験することだ。

私はたびたび生徒を連れてインディアンの遺跡探検をした。ある日のこと。インディアンが暖炉に使っていたであろう石を掘り出した。石は赤くて火で焼けた跡があり、しかも円形に並んでいた。皆、興奮して観察した。それぞれが調査して記録した後は、元通りの姿に戻すことを教えた。

このような教育方針は町の人々に喜ばれ、学校の評判は上がり、運営は順調に進んでいったが、開校してわずか二年で、閉鎖することになった。その理由は、あまりに突然の兄ジョンの死だった。

【解説】

ソローが二五歳になった一八四二年一月一日の朝、兄ジョンはカミソリで左手の薬指を切ってしまった。ほんの小さな切り傷だった。ところがその小さい傷が、数日後にジョンの命を奪うことになるとは誰も想像できなかった。破傷風であった。

ソローはほとんど一睡もせずにジョンのベッドのそばにいて看病したが、一一日目の朝、ジョンは弟の腕の中で息を引き取った。明るくて優秀だったジョンは、町の人から愛され、ソローよりもずっと人気者だった。町の人々は疾風のように通り過ぎていった若者の死を深く悼《いた》んで泣いた。

ソローの家族は、ジョンの死もさることながら、ソローの異様な行動が心配になった。とうとう彼も、ジョンの死の数日後に倒れてしまった。やがて彼の病状は回復するが、ジョンを失った悲しみは、一生涯癒されることはなかった。最愛の兄の死と、続く一月二十七日、親身に世話をして可愛がっていたエマソンの愛息ウォルドー(Waldo: 一八三六―四二)は猩紅熱《しょうこう》が原因で五歳で死亡したことから、ソローは一時的に深刻な心身症に陥った。若き日のソローが経験した最愛の人たちとの死別は、彼のその後の人格形成、学術的成長に大きな影響を与えたと言われている。
そしてソローが以前にも増して、自然に深く分け入るようになったのは、そのような身近で深く愛していた人々の死別であったと言われている。

家業の鉛筆製造業で成功、その後……

「金持ちは必ず彼を金持ちにしてくれた制度に身を売るようになる。金があればあるほど、徳は少なくなっていくのだ」

【解説】

突然の兄の死で、ソローは学校を閉鎖した。そして、兄に代わって家業の鉛筆工場を手伝うことになった。そこでもソローの有能さが大きな実績を上げることになった。
ソローの父は、アメリカで最初に鉛筆製造業を始めたパイオニアの一人で、のちにその鉛筆は最高の製品として普及することになるが、その功績は、ほとんどソローによるものだった。

それまで、鉛筆業者は、軸を割って溝にペースト状の黒鉛を流し込み、それから二つの軸をまた元通りにくっつけるという手法をとっていた。ソローは焼くことのできる黒鉛とババリア粘土の混合物を発見し、次に鉛筆の軸に穴を空ける機械を発明して、固く焼いた黒鉛を棒状にして固めて通す技法を採用したのである。

彼はまた、粘土の量を増やしたり減らしたりすることによって、芯の硬さの違う鉛筆を作る技術を開発した。その結果、ソローの鉛筆はイギリス製品に劣らぬ品質であるとの評判を得て、ボストンの美術教師たちはソローの鉛筆を買うことを推奨するようになった。

赤と青の色鉛筆を初めて製品化したのもソローであり、グラスペーパー（ガラスの細粉を付着させた紙ヤスリ）を改良してサンドペーパーを作ったのもソローの功績であった。製品の良さが国内に知れ渡るようになると、自然と収入も増え、家も建てることができるほどになった。

一八四九年に、ソローの鉛筆工場はセーラム慈善機械工組合から優秀企業として褒章を受けた。それから約一〇年後、父が亡くなると、ソローは一家の家長となり、工場の支配人となった。そして、そのときも再度芯の品質改良をして、黒鉛を挽くために鉄ではなく、石を使うようにした。一八五〇年代には、鉛筆製造ばかりでなく、当時、最新の機械として登場していた電気製版のための、特別に精製した黒鉛の製造を始めたのであった。

ソローがこのような実績を上げることによって、コンコードという小さな町は、鉛筆製造の中心地になっていた。発明家であり、優秀なビジネスマンでもあったソローのおかげで、一家は町でも裕福な家の一つになっていた。

このような成功を収めていても、ソローはこの仕事を本職としなかった。いったいなぜこの仕事に専念してもっと財産を築こうとしないのか、誰もが疑問に思ったのであった。

しかしソローは、「陽気で幸せそうな金持ちは見当たらない。彼らは決して満足できないからだ。不愛想で、不満を呟き、重ぐるしい空気の中で生活しているようにしか見えないのだ」という。なぜなら、

「裕福な人々は次から次に物を買い求める。贅沢をしたい気持ち、欲望は人間の本能なのだから分からないでもないが、お金があると特別な者になった気がして血が騒ぐのだろう。欲しいものを手に入れる快感、満足感が充たされるということがない。しかし、そのような気持ちで買い漁ったものは直ぐに必要ではなくなり、捨て置かれる。もっと満足できるものが手に入るかもしれないと思うようになるからだ。それが物でなく、人間（使用人や雇用者）で囲まれるようになるともっと深刻だ。高いお金を払っても、自分の思い通りの最高な仕事、サービスを相手に望むのは無理ということが分かる。それでも、自分は高いお金を払っているのだという考えで通すので、そこら中にあるのは腹立たしいことだらけとなる。なんでも苛立つ種になる厄介な人生が始まる。自分で自分の人生をややこしくしているのだ」

彼は、頑固に自分の生き方を探し出そうとした。しかし、決して労働を嫌がっているのではなかった。むしろ、非常に働き者だった。ただ、彼が求めたものは、「お金のため」や「名誉のため」ではない。もっと、人生を真摯に生きたい。本当に専念できる仕事を求めたのだった。彼は常に、卑しい生き方をせず、貧しくても高貴な人生を生きたいと願っていた。その生き方を見つけるためには決して急がない、と決心していた。

「急がない、という決意以上に人生にとって有益なものはない」

働くことの意味

私の職業は「何でも屋」、だから、決して失業することがない。

私は十指に余る仕事を持っている。測量や大工や、町のいろいろな頼まれごとだ。

私は長いこと、ある新聞のレポーターをしていた。その新聞は発行部数も大して多くはなく、編集長も私の原稿の大部分を採用してはくれなかった。文筆家にはよくあることだけれど、骨折り損のくたびれもうけをしていたわけだ。とはいえ、この場合の私の骨折りそれ自体が、私への報酬になっていたのだ。

何年もの間、私は自分で決めて吹雪や嵐の天気予報官として、忠実にその務めを果たしていた。大きな街道はともかく、森の小道や裏通りを見て回り、人々が通う道は不具合なく使われているかどうかを確認したり、谷間には橋を渡したりして四季を通じて安心して通れるようにしておいたのだ。

野生の動物が、誠実で働き者の牧夫を困らせないように、柵を作り、めったに人が行かないような農場の隅などを見回って注意を払った。

日照りの続く季節には枯れてしまいそうな赤いハックルベリー、サンド・チェリー、ネットル・トリー、アカマツ、ブラック・アッシュ、ホワイト・グレープ、イエロー・バイオレットなどに水やりをした。

自慢して言うわけでないけれど、要するに私は好んでこういうことをすることが、自分の仕事に打ち込むことだと考えていた。

【解説】

ソローは毎日四時間もかけ散歩をするのを習慣としていた。それにはちゃんとした目的があった。

彼は一八三七年から一八六一年までの膨大な『日記』を残している。それは散歩中に観察したことや、思索したこと。ホメロス、ウェルギリウス、ゲーテ、ダーウィン、リンネらの業績についての考察、そしてインド、中国の古典からの抜き書きのほかに、町の噂話、散歩中に得た情報や、測量した土地について詳細に記録したものである。

当時のアメリカは、自然に対する関心よりもいかに文明の恩恵に浴することができるか、ということが人々の関心の的であった。自然を観察するためのハンドブックもないそのような時代に、自然に分け入って観察をした。自分を取り巻く自然環境に何が起こっているのかを綿密に観察して書き留めた。野原や森、川や池で見たこと、自然の発する音や色も徹底的に書き留めた。

ソローの感覚は超人的に鋭く正確であったと言われているが、彼は、散歩をするときは、見る、聞く、嗅ぐ、触る、味わうの五感を研ぎ澄まして観察したのだった。また名もない川や池、森や丘に名前を付けた。それらは今でもそのまま使われ、親しまれている。そして、彼がそのころ提唱したこと、すなわち、きれいな空気や水、森や汚されていない川が人間にとってどれほど大切なものであるかが、明確に記述されている。彼の観測結果は、今日の世界的な地球保護運動の先駆けであったことを物語る資料として認められている。

『日記』には、リンゴの観察なども綿密に記録されているが、中でも、ニューイングランド一帯で実るリンゴのことが列挙してある。ソローの時代の一九世紀中ごろには、その地方に千種類以上のリンゴがあったと言われ、彼は夏リンゴ、秋リンゴ、冬リンゴの名称と種類を際限なく記しているのである。

自然観察で、ソローの五感は冴えきっていたが、同時に忍耐力も超人的であった。動物や魚夏の日に一日中、人里離れた湿原で首まで水につかっていることがあった。

を観察するときは、腰かけている岩や木の切り株のようになって、相手が自分に近づいてくるのをじっと待った。リスが自分の靴を踏んでいくのを見たり、スズメが肩に止まったりすると、興奮して得意になった。新種の魚や動物を発見した。花については、それがいつ、どこで、どのように咲くか、町の誰よりも詳しく知っていた。

町の人々は、ソローが突っ立ったまま三〇分もカエルの鳴き方に耳を澄まし、一日中、アヒルの卵が孵《かえ》るのを眺めている姿を目撃した。ある秋の夕暮れには、「自然の風景なんぞに興味のない人間でさえ、目を見張るほどの」天空の光や色の変化、自然の織り成す光景に、いつまでも見入っていた。

また当時のコンコードは開発ブームに火が付いたようになっていたので、彼は自分で改良した測量機器を使って、町の百数十カ所以上もの土地を測量した。その技術はたいへん正確で、むしろ測量技師として親しまれていた。

ソローが、森の生活を始めた翌年の一八六五年、自作の測量機器やメジャーを使って、ウォールデン湖の水底を測量した。町には古くから、ウォールデン湖は底なしの湖だという風評があったからだった。

ソローの測量結果は、

「ウォールデン湖には、十分に納得のゆく深さのところに、十分に納得のゆく、しっかりした底があると確信している。現に私は、タラ釣り用の糸と、一ポンド（四五三グラム）の石でいとも簡単に測ってしまった。糸を引いて石が底を離れると、糸を引く手ごたえがはっきりつかめるのだ。その手ごたえの変わるときに、糸に印をつけておけばよい。一番深いところでは一〇二フィート（三一メートル）あった。それ以後の水量の増加分として五フィート（一・五メートル）加えれば一〇七フィートということになる。これは、小さな湖としては驚くほどの深さだ。しかも、一インチたりとも想像で差し引くことはできない。もし、湖という湖が全部浅かったらどうだろうか。人間の心に影響しないだろうか。私は、この町のシンボルとして深く、清らかにウォールデン湖が造られたことを感謝している。人間が無限なものの存在を信じる限り、これからも湖は底があると考えられてゆくことだろう」

ソローは単独で湖底の探査のみならず、湖底地図まで作成した。彼の測量した湖底の地図は、現在コンコード市立図書館に保管され、ほかの測量機器なども閲覧することができるが、その正確さは高い評価を得ている。一九九四年の夏には、ハーバード大学で測量技術の研究班が、最新のコンピューター技術を駆使して湖底を計測したところ、結果的にソローの測量図と同様なものになったことが証明された。改めて、一五〇年前のソローの単純な器機を使っての正確な測量に、驚嘆の声が上がったという。

本業の鉛筆製造はもとより、庭師、家のペンキ塗り、鍵の修理、レンガづくり、農夫、石工、家庭教師、作家、そして奴隷解放の講演家と、ソローはなんでも器用にこなし、しかも気前よくやってのけた。実生活の上で、彼は驚くほど有能な人だったのである。このように、いろいろな仕事をしながらでも、毎日の散歩を欠かさず、几帳面にその記録を残した。

町の人々の評判はいろいろだった。「本業を疎かにして、自己満足の好きなことだけしかしない。変人、奇人」と陰でささやいている人もいた。しかし、彼は散歩の習慣を決して変えなかった。なぜなら、町には彼ほど器用で、頼めばどんなつらい仕事でも、気持ちよく引き受けてくれる人を他に知らなかったし、ソローが楽しんでしてくれるのを、結局みんなが依頼していたからである。


ソローにはある信念があった。

誰もが自分自身の道を発見して進むように心がけるべきだということ。身の回りをよく観察すること。目前の仕事を大切にすること。なぜならそれらは、たいていのことが、生活の基本になっていることだから。人とは違うことを考える。それを貫く。自分らしく生きようとする気持ちが、必ず道を開く。それがその人の人生だ。ソローは次のように記している。

「人にはそれぞれ違った太鼓の響きが聞こえている。君には君の音楽が聞こえる方向に進んでごらん。その響きが近かろうと、遠かろうと」

一　住む場所

自分の人生設計を実現する。

それは、ウォールデン湖の岸辺に自分で家を建て、一人で自給自足の生活をすること。

住居についていうと、これは今の生活ではもうどうしても必要なものになってしまった。私もこのことを否定しようとは思わない。

仮に、大多数の人のすべてが整った近代的な家を買ったり借りたりできるようになったとしてみよう。文明は僕らの家を改良してきたけれど、そこに住む人間まで同じように改良したわけではない。文明は宮殿を造った。が、貴族や王様をつくり出すのはそう容易なことではなかったのである。もし文明人の追求していることが未開人のそれと比べてちっとも価値がなく、ただ最小限度必要なものと安楽を手に入れようと生涯の大部分を費やしているとしたら、文明人が未開人よりもいい家に住むべき理由などどこにあるというのだろう。

ある階級の贅沢は、ほかの階級の貧困によってバランスが取られているのだ。一方には宮殿があって、他方には「沈黙した貧困者が住むシェルター」がある。ファラオの墓、ピラミッドを造った無数の人たちはニンニクを食べ、死んでもきちんと葬られることはなかった。宮殿のコーニス（壁面より突出した装飾的な水平帯）を仕上げたレンガ職人は、夜になると、たぶんインディアンの質素な家よりも劣る家に帰るのだ。

ほとんどの人は家がなにかということについて一度も考えたことがないようだ。だから、近所の人と同じような家を持たなければならないと思い込んでいる。

そのために生きている限り貧乏をしなければならない原因をつくっている。飾り気がなく、見栄えのない控えめな家がとても人の心を魅了し、想像力に良い感じを与えることがあるが、それはその家に住む人の生活の美しさが外側ににじみ出るからなのだ。

未開な時代の人間の生活にあったあのシンプルで飾り気のない状態は、少なくとも、人間を自然の中に溶け込ませるという良い面を持っていた。食事をし、睡眠を取って正気を取り戻すと、また旅のことを考えるのだ。この世界で、いわゆるテントに住み、谷を抜け、草原を横切り、山の頂に登ったのだ。ところがだ。人間は自分たちの道具の道具になってしまった。

私は、生活と直接触れるところから家を美しくするべきで、うわべだけを飾り立てるべきではないと思う。

人間が自分の家を造ることは、鳥が巣を作るのと同じ合理性があるのだ。もし人が、自らの手で自分の栖《す》を作り、飾り立てることもなく正直に自分と家族のために食べ物を取ってくるのなら、ちょうどそういうことをしている鳥が歌うように、詩的な才能も伸びてゆくだろう。ところがだ。私たちは家を建てる悦びを、いつまで大工に任せっぱなしにしているのだろうか。

私はこれまでにずいぶん歩き回ったけれど、自分の家を自分で建てるという自然な考えを実行している人に会ったことがない。私たちは一人前の社会人ではないか。「仕立屋九人で男一人前」ということわざがあるけれど、これは何も仕立屋に限った話ではない。説教師も商人も農夫も、みな同じなのだ。どこまで行ったらこの分業は終わりになるのだろう。結局それはどんな目的と合致するのだろう。確かに、他人が私の代わりにものを考えてもいいだろう。けれども、私自身の考えをそっちのけにされては困るのだ。

建築家と言われる人たちがたくさんいるのは事実だけれど、家の風格とは、唯一の建築家である住人の必要性と性格に従って、内側から外側へと少しずつ育って備わってくるのだ。それは、住人の無意識の中にある美の意識が日々の生活様式から生まれ、外観が個性を表すようになる。この国で一番興味をそそられる雰囲気のある家は、しばしば画家の気を惹く、見栄えのない控えめな丸太小屋や農家だ。それが絵になるのは、単に外見のせいではなく、そこを殻として生活している人たちの生き方が表れているからだ。

夢見る家

それはけばけばしい装飾などなく、しっかりした材料で造られた一部屋でいい。広く、粗造りで、がっしりとした空間で、天井も塗り壁もなく、露わになった垂木《たるき》と母屋桁《おもやげた》が頭上の低い天空を支え、真束《しんづか》と対束《ついづか》が立ち上がって敬礼を待っている。嵐の晩にたどり着いて、ホッとする家。そこには家をして必要なものは何もかもある。家財は一目で見渡せ、人が使うものはすべて釘に掛けられている。台所、食糧庫、客間、居間、寝室、倉庫、屋根裏部屋、こうしたものを一部屋で兼ねているのだ。樽とか梯子《はしご》といった必需品、食器棚といった便利なものはすぐ目に留まるし、鍋の煮える音は聞こえ、夕食を料理してくれる火、パンを焼いてくれるオーブンに敬意を表す

 こともでき、必要な家具と道具が主な装飾になっている家だ。

土地探し

人生のある時期に、私たちはあらゆる場所を、家を建てるための場所かどうかと考えて、探し回る。

「農場を買おうとするときは次のことに気を付けること。欲張らないこと。下見のときは労力を惜しまないこと。一度見て回っただけで十分だと思わないこと。もし良い土地を見つけたと思ったら、何度も通うこと。通えば通うほど満たされた気持ちが強くなるはずだ」

私は、コンコードの町から二キロ半ほど離れたウォールデン湖の岸辺に腰を落ち着けたのであった。この町で唯一有名なコンコード古戦場（独立戦争）の南約三キロのところだ。

森の生活を始めた目的

私が森へ行ったのは、一日をよく吟味して過ごし、人生の本質的な事実に向かい合い、そこから人生が教えようとしていることを慎重に学びたかったからだ。死ぬときになって、人生を全うしたと断言して終わらせたかった。生きるということはそれほど大事なことなのだ。それに、よほどのことがない限り、物事を途中で諦めるということをしたくなかった。私は生きることの奥底を極めたい、そういう生活がしてみたかったのだ。人生の真髄をすべて吸収し、無駄を省き、スパルタ人のように生き、広く根元まで草を刈って生活の限界を究め、もしそれがみじめなものだったら、そのみじめさをありのままに突き止めて、広く世の中に知らせたいと思ったのだ。

身をもって体験して知り得た、素晴らしい感動は、一つ残らず、すべてを話して聞かせたいと思った。

シンプルに、シンプルに、シンプルにする！　自分の問題は百とか千ではなく二つか三つにしておくのだ。百万の代わりに六まで数え、親指の爪に自分の計算をつけておくといい。文明生活というこの風向きの定まらない海の真ん中では、雲や嵐や流砂や多くのことを考え、もし浸水して海底に沈み、港へ着けないなどということがないようにするには推測航法で賢く生きてゆかなければならない。相当な打算家でなければこの社会で成功するのは難しい。シンプルに、シンプルにするのだ。一日三食でなくても、必要ならば一食にしてもいいではないか。百皿も食べなくても、五皿でも満足できないか。ほかのこともこれと同じように、少なくしてみよう。

私たちの生活は、多くの州からできているようなものである。国家そのものも、表面的な、いわゆる国内改革をしたけれど何の明確な指標も示せないままである。数百万の家庭と同じように収支決済の裁断もせず、無計画にそのときの思い付きで、家具や物だけがゴタゴタ散らかり、不必要な出費で破産してしまった。そういうことがいかに厄介で不格好であることか。自分自身の罠に自らが嵌《は》まって抜け出せなくなっていることにまず気付いていないのだから。それを救う道は一つ。
みんなで同じように家庭形態を改善する。
賢く節約して、生活をシンプルにし、目的を高めるしかない。

【解説】

ソローは二八歳になる八日前の一八四五年七月四日、アメリカ独立記念日を選んで、ウォールデン湖畔で二年二カ月と二日の実験生活を始めた。

ソローが森の生活を実行したのは、いくつかの理由があった。その一つは、亡くなった兄ジョンとの思い出の冒険旅行を綴った『コンコードとメリマック川での一週間』を完成させることであった。それからもう一つの本、『ウォールデン――森の生活』は森での生活中に書かれた。この体験記は七回も書き直され、約七年後に出版された。ソローは生前に自費で一千部を出版したが、少しも売れず、本の山を見て暮らすことになったと述べている。

この一書は、アメリカ文学史上で文学と自然科学を結び付けた最初の文学作品と評価され、アメリカ文学の古典として、本国のみならず数カ国語に翻訳され、世界中で愛読されている。このことから、ソローはアメリカでナチュラリスト（自然主義者）の元祖のような存在になり、一九六〇年代には、彼のような生き方を求めて森で生活をするのが流行した。

今日、世界的に環境保護運動が起き、理想的な自然との共存共栄が模索されているが、ソローは一五〇年以上も前に、強く好奇心を掻き立てられて離さない自然の魅力を書き残したのであった。

ウォールデン湖畔に家を建てた理由

たとえば衣食住について要約しよう。人生に必要な物は「衣食住」プラス健康であり、それ以上のことは贅沢である。「衣食住」は簡素であるべき。簡素になればなるほど健康に近づけるのであり、それは自分でつくるものである。

今でもよく覚えているのだけれど、私は四歳のときにボストンからここに連れてきてもらった。そのときは、この森の開けた真ん中のところにこの湖があったのだった。
それは、私の記憶に刻まれた一番古い風景の一つだった。

一八四五年の三月も終わりのころ、私は友人から借りた斧で、ウォールデン湖の岸辺に家を建てた。矢のようにまっすぐ高く伸びたまだ若いホワイト・パインを、数日かけて切り倒した。そして、主な材木を一八センチ角に切り、ほとんどの間柱は二方だけ、垂木と床板は一方だけを削って、あとは樹皮を残しておいたので、鉋《かんな》をひいたのと同じようにまっすぐ、それ以上に強くなった。作業のために森で過ごした時間は長くはなかったが、昼になると、切り倒した木材に腰を掛けて、トーストを包んだ新聞紙の記事を読みながら昼食を食べた。ときどき、私の斧の音に惹かれて様子を見に来た人と楽しいおしゃべりをした。

4月の中ごろ、壁の板材が必要になり、アイルランド人のジェームズ・コリンズ氏から、物置小屋を四ドル二五セント（当時）で購入した。私は、釘を抜いて小屋を分解し、荷車で何回か運び、板を草の上に並べて日を当て、反りを戻した。

敷地の小高い丘の面に、マーモットが作った穴の跡があり、深さ二メートル、縦横一・八メートルの食料貯蔵庫を作った。地面が細かい砂で、そこならどんな冬でもジャガイモを凍らさなくて済みそうだ。

五月の初め、知人の協力を得て、とうとう棟上《むねあ》げをすることができた。小屋の外壁は鎧張りにしたので、雨漏りの心配はぜんぜんない。

屋根と壁を張り終わるとすぐに、七月四日から住み始めた。

壁を張る前に、湖から荷車二台分の石を運んであったので、部屋の隅に煙突の土台を作っておいた。けれど煙突を作ったのは、秋の鍬入れを済ませ、火を燃やして暖を取るようになる少し前のことだ。それまでは、朝早く外で食事を作っていた。そういうやり方は、ある意味、一般家庭の台所で調理するやり方より便利だし、いいなあと、今でも思っている。パンが焼き上がる前に雨が降ると、頭の上に板を何枚か渡し、その下に座ってパンの焼け具合を見ながら楽しいひと時を過ごしたのだった。

その当時はすることがたくさんありすぎて、ほとんど読書はできなかった。けれど、地面に敷いたり入れ物代わりに使った新聞の切れ端は、とても大きな楽しみを与えてくれた。実際、『イリアス』と同じくらいの役割を果たしてくれた。

冬が来る前に、漆喰塗り

冬が来る前に、煙突を立て、屋根に漆喰塗りをして私の家ができた。幅三メートル、奥行き四・五メートル、柱の高さは二・四メートル、屋根裏部屋とクローゼット、両側に大きな窓、トラップ・ドアが二つ、一方に入り口ドア、反対側にレンガの炉がある。家のそばに、残った材料で小さな薪置きの小屋も造った。

私の家の建築資材は次の通りだ（材料価格や建築費は省略）。土地は知人のもの（ラルフ・ウォルドー・エマソンの私有地）で、勝手に使った材木や石や砂以外の資材のすべてである。

板は、ほとんど友人から買って分解した板を使用
屋根と側面用の板
ガラスの付いた中古の窓二つ
古いレンガ……一〇〇〇個
石灰……二樽
炉用鉄材
釘
蝶番とネジ
掛け金
チョーク
運送費　ほとんどは自分で運んだのでかからなかったということにする。

家具といえば

私の家具はその一部を自分で作ったもので、ほかも計算書に書いたもの以外は一銭もかからなかった。

それらは、ベッド（寝床）・食料・衣服・住居に加えて、寝床である。

ベッド作りは一苦労だ。寝床は自分の寝間着のようなもの。この住居の中の住居である。それを作るために、鳥の巣や羽毛を奪っている。それはちょうど、穴の端に草や木の葉でベッドを作るモグラのようなものだ。

他に、テーブル、机、椅子三脚、直径九センチの鏡、火箸と薪台、ヤカン、鍋、フライパン、しゃもじ、洗面器、ナイフとフォーク二組、皿四枚、カップ一個、スプーン一個、油壺、糖蜜の瓶、漆塗りのランプ。

カーテンの費用はまるでかからなかった。むしろ、カーテンなどいらないのだ。太陽と月以外に家の中をのぞき込むものもなかったし、正直、のぞかれることは大歓迎だった。月がミルクや肉を腐らせることはないし、太陽が家具を傷めたり、カーペットを色褪せさせる心配をすることもない。もし、太陽がときどき暑すぎる友人になることがあっても、自然が与えてくれる木陰のカーテンに入っていれば、よほど経済的で、しかもその心地良さはどう表現したらいいだろう。言葉にできない。

夜には月明かりが優しく差し込み、朝が来ると、朝日のまぶしさで気持ちよく目覚めることができること以上に健康的な一日の始まりがほかにあろうか。私は、清々しい朝の目覚めの後はすぐに湖に下りて、沐浴をした。それはまるでインドの修行僧のような気分であった。身も心もすっかり清められ、そのたびに蘇るような感覚になった。

ある人がマットをくれると言ったが、家には敷いておく場所もないし、それを叩いている時間もない。マットを敷くよりはドアのそばの草芝で足を拭ったほうがいいので、いただくのを断った。厄介事は最初から避けるのが一番良いのだ。

私は私なりに好みがある。特に自由を大事にしていて、不便な生活をしても辛いと思わないし、結構うまくやっていけるので、自分の時間を犠牲にしてまで、豪華な家具や立派なカーペット、ギリシャ的、ゴシック的といったものを使いたいとは思わなかった。そういうものは、その使い方を知っている人に任せておこう。

私はシンプルに賢く生きさえすれば、ちっとも辛く不自由なことはなく、それどころか、そういう簡素な生活にこそ、たくさんの娯楽が混じっていることを悟ったのである。

二　手作りをほおばる

野生の動物は、食物とねぐら以上のものは求めない

家を建て終える前に、臨時の出費に備えて一〇ドルか、一二ドルほど稼いでおきたいと思い、家のそばの砂地の一〇平方メートルほどの土地に、主にソラマメ、ジャガイモ、トウモロコシ、エンドウマメ、カブラなどを植えた。ある農夫がその土地は痩せてどうしようもない、と言っていたが、私はただの無断借地人なのだから、文句は言えない。

肥料はまるでやらず、全体の草刈りをしたこともなかった。耕すときに切り株をいくらか掘り起こし、それを燃料として長いこと役立てた。掘り起こした後の穴に、夏の間だけ豆がたくさんできた。家の後ろに積んであった、ほとんど売り物にならない

枯れ木と湖の流木が、とっておきの燃料になった。自分で鋤を使えるが、耕すために、一組の家畜と人を一人雇わなければならなかった。

したがって、そのときの経費は、道具、種、手間賃などであった。

トウモロコシの種は人から譲ってもらった。必要以上に植えることはないので、些細な費用で済んだ。エンドウマメ、ソラマメ、ジャガイモは収穫できた。イエロー・コーンとカブラは、季節遅れで実らなかった。畑からの全収入はなかなか良かった。

次の年はさらにうまくいった。

そして、次のようなことを学んだ。

もし人がシンプルな生活をして、自分の作ったもので満足し、わずかばかりの贅沢のために高価なものと交換などしなければ、ほんの少しの土地を耕すだけで十分である。そして古い土地に肥料をつぎ込むより、ちょっと場所を変えて新しい土に植えるほうが、安上がりだ。このほうが夏の間の片手間の農作業としてできるし、牛や馬や豚の世話に縛られずに済むではないか。

この点については、現代の経済的・社会的な仕組みの中の成功とか失敗ということに関心を持たない人間として語っている。

私は、家や農場といった、そのような制度的なものに縛られず、いつも自分のアマノジャクな気性のままに動くことができたので、コンコードのどの農民よりも自由だったということになる。

私は、十指に余る仕事を持っているので、測量や大工や村のいろいろな日雇い仕事で稼いだお金のうち、七月四日から住み始めた八カ月の間の食費を引いても、残金があった。

このような自活生活をしたい人に言っておこう。

この生活を始める前に持っていた資金と、支出を差し引くと残金は、なんと最初とほとんど同じだった。こうして工夫した暮らしから得られた余暇や、独立精神、健康などのほかにも、好きなだけ住んでいられる気持ちの良い家まで残ったのである。
結局、二年数カ月の経験から私が学んだことは、この北の緯度に位置する場所でさえ、自分に必要な食料を手に入れるには信じられないくらいにわずかな労働で間に合うということ。動物と同じくらいのシンプルな食事をしても健康と体力が減退することはなく、むしろ健康維持ができるということを学んだ。私は、コンコードのどの農民よりも、豊かだったといえる。

トウモロコシ畑で取れたスベリヒユの雑草を煮て塩を振りかけるだけで絶品だ。取れたてのスウィートコーンも同じこと。塩を振りかけるだけで、食欲を満足させることができるのだ。

炉から立ち昇る香り高き煙よ

人間が燃料や、さまざまな工作の材料として森を使うようになって、長い年月が流れた。ニューイングランドもニューオランダ人も、パリジャン、ケルト人、農民もロビン・フッドも、グッディ・ブレイクとハリー・ギル、世界中の王子も、小作農も、学者に未開人、みんな同じように集まり、料理をするためには、森から取ってきた木が必要なのだ。

注―「グッディ・ブレイク、ハリー・ギル」（自然と人間の相互関係を詩作のテーマとするイギリスの詩人、ウィリアム・ワーズワス（William Wordsworth）の詩、「グディ・ブレイクとハリー・ギル」。詩の中で「寒さ」の象徴として語られる登場人物の名。

頑強な若者ハリーは、家畜商で裕福。老婆グディ・ブレイクは「貧しい住処で一日中糸を紡ぐ」が、その稼ぎは「ろうそく代にもならない」。老婆が他人の迷惑になららないように、慎ましく暮らしているのを村のみんなは知っている。冬の夜に吹く強い風によって木々からふり落とされた木片や朽ちた枝を、グッディは遠慮深く、二日分ほど持ち帰る。ある日、寒さに震える彼女は、燃料としてハリーの生け垣の枝をわずかに摘み取った。自分の生垣の枝を取る犯人を捕まえようと待ち構えていたハリーは老婆・グッディを打倒し、その腕を激しく強い力で打ちのめした。高価な石炭で身を暖める生活をしてきたハリーは今、「恩恵」を忘れた冷徹で強欲な男になっていた。神は、ハリーが極寒の中で、二度と身体を温めることのできない人生を科したのであった。

誰でも自分が積み上げた薪の山を見るときは、愛情深いまなざしを向ける。私は窓の前に薪を積んでおいたが、薪の山が高ければ高いほど、労働の楽しさを呼び起こされる。誰のものとも分からなくなった古い斧を持っていたが、冬の陽だまりの中で毎日少しずつ、豆畑から掘り起こしてきた根を、その斧で削いでいた。私が畑を耕しているのを見た一人の男が、「根は二度温める」と言ったが、確かにその通り、割っているときも燃やしているときも二度、身体を温めてくれた。村の鍛冶屋は、「そんな古い斧は役に立たない」と言ったが、ヒッコリーの枝で柄を作った。切れ味は良くないが、少なくとも使えたのだ。

樵《きこり》が森でキャンプするときは、細く切ったグリーン・ヒッコリーを焚きつけにする。たまに、私もそうしてみた。地平線の彼方で、村人たちが火を熾《おこ》すころ、私も煙突から煙をたなびかせて、ウォールデン湖の谷間に住むさまざまな野生動物に私が起きていることを知らせるのだった。

この炉から立ち昇る香り高き煙よ、高く昇れ。
そして神々に、この煌煌《こうこう》たる明かりの裁可を仰ぐのだ（「これほど贅沢にこの身を温める贅沢をお許しくださいますか……」）

私は次の年の冬に、倹約のために小さな料理用のストーブを使った。森を所有しているわけではないからだ。けれど、それは炉ほど火持ちが良くなかった。そのときの料理は詩的でもなく、単なる、化学変化のプロセスでしかなかった。最近のようにストーブで調理する時代では、インディアン流にポテトを灰に埋めて焼いていた昔のことなど、想像も及ばないだろう。ストーブは場所を取って家中を臭くするばかりでなく、火そのものを隠してしまうので、まるで仲間を失ったような気分になるのだ。火の中には、いつもの顔が見える。

労働者は、夜には炎を見つめながら、一日の埃や泥、積もり積もった俗っぽい気分を払い、精神を清めるのだ。

パン作り

曾子は、「心ここに在らざれば、視れども見れず、聴けども聞こえず、食らえどもその味を知らず」という言葉を伝えている。

自分の食事の本当の味を識別できる人は、決して大食漢になどならないはずだ。

私は最初、純粋なトウモロコシの粉と塩でパンを作った。家を建てたときに切り落とした木片に載せて家の外で焼いた。けれど、いつも煙で燻《いぶ》されて、松脂《まつやに》の匂いが残ってしまった。結局、ライ麦とトウモロコシの粉を混ぜたものが一番便利でおいしいことが分かった。小麦でも作ってみたけれど、結局、ライ麦粉とトウモロコシの粉を混ぜたものが一番便利で口当たりもいいことが分かった。寒い季節に、エジプト人が卵の孵化を見守るのと同じように、注意深くひっくり返しながらパンを順番に焼いていくのは、とても楽しい作業だった。それは、私が実らせた穀物の果実だったし、布にくるんで、できるだけ長く保存しておいた、ほかの見事な果実と同じような香りをとどめているように思えた。

ある朝、私はイーストをレシピ通りに入れずに焼いてしまった。しかし、この手違いで、イーストが、パンにとって必ずしも不可欠なものではないことを発見した。それ以後、私はイーストなしのパンを焼くようになった。

一年間それで過ごしたけれど、簡単だし、味が落ちるわけでもないことを知って嬉しかった。人間は、どんな動物よりも気候や環境にうまく適応できる生き物ではないだろうか。

紀元前二世紀ごろのマルクス・ポルキウス・カトーは、パン作りのことを書き残したが、それを私は次のような意味に解釈している。

「練パンはこのように作りなさい。まず、手桶をよく洗う。粉を桶に入れて少しずつ水を加え、十分に練る。しっかり練れたら、形を整え、蓋をして、焼き釜に入れて焼くのだ」と。

この中に酵母《イースト》の働きについては一言も出てこない。

とは言っても、私はいつもパンだけ食べていたわけではない。あるときなど、財布が空っぽになったので、ひと月以上もパンなしで過ごしたこともある。

小屋での暮らし振り

生涯で初めて森の中に自分で家を造って、昼だけでなく夜もそこで過ごすようになったのは、偶然にも七月四日（一八四五年）、独立記念日の日であった。

そのときは、冬の準備ができていなくて、ただ雨をしのげる程度のものだった。壁土も煙突もなかった。壁は風雨にさらされた紙の荒仕上げで、大きな隙間があって夜は涼しかった。まっすぐな白い間柱や、鉋《かんな》をかけたばかりの入り口ドアや窓枠のせいで清潔で、風通しが良さそうに感じられ、板が露に濡れる朝は特にそう感じた。昼ごろになると樹脂がにじんでくるのではないかと思うほどだった。この不思議な満足感は一日中、心を満たしてくれた。

一年ほど前に訪れたある山の上の家を思い出した。その小屋というのは、旅をしていた女神をもてなすのに最適で、その衣の裾をひらひらとさせるような風通しの良い、壁塗りのない小屋だった。森の中の私の家に吹く風は、小屋があった山々の尾根を吹き抜ける風に似て、地上の音楽の調べが途切れ途切れではあるが、その中の一番美しいところだけを響かせながら、部屋の中を流れていった。

実際にこの家を手に入れたことによって、私もこの現実世界に腰を落ち着けたという一歩前に進んだ自信がついた。身にまとうこのささやかな枠組みは私の周りにできた結晶体で、それを作った私に、言葉にできない作用を及ぼしていた。ただしまだ、輪郭だけを描いた絵のようで、多少暗示的ではあったが。

家の中にいても外気の新鮮さは少しも失われなかったので、外気に触れるために外に出ることはなかった。雨降りのときでさえ、屋内にいるというよりは、ドアの陰に座っているという感覚だ。

最初の夏、私は本を読まなかった。豆畑の草取りをしていたのだ。ほかにもたくさんの楽しいことがあった。頭を働かせ、手を動かして、すべてが楽しかった。ときどき、夏の朝など、いつものように沐浴を済ませた後、日の出から昼ごろまで、乱されることのない孤独と静寂の中で、日当たりの良い戸口に座り、物思いに耽った。

朝は、自然そのものと同じくらいにシンプルで醇風《じゅんぷう》を吹き込んでくれた。早い目覚めとともに湖で沐浴した。それは宗教的な儀式に似て、私の実行したことの中では一番良いものであった。昔、王様のバスタブに「毎日自らを完璧に新たにせよ。そしてそれを、永遠に繰り返せ」という意味の言葉が彫ってあったという。私にはその意味がよく分かる。

一日のうちで一番大事な「朝」は、目覚めのときだ。意識的な努力によって自分の生活を高めてゆくという、人間の能力以上に心強いものはないということは、間違いない。

私の森の家は、物事を考えることだけでなく、まじめな読書のためにも、大学などよりは、よほど好都合の場所だった。

詩人のミル・カマル・ウディン・マストは、本の魅力をこう言っている。

「座ったまま精神世界の至る所を駆け巡る。これこそ読書によって私が味わった醍醐味である。たったグラス一杯のワインで陶然とした至福の気分に浸る。深遠な哲理の酒を飲む時、私はかくのごとき快楽を享受するのだ」、と。

私は、ホメロスの『イリアス』を、夏の間ずっと机の上に置いたままだった。初めのうちは、自分の家を仕上げると同時に、豆畑の手入れをしなければならず、それ以上の勉強や読書はできなかったからだ。

しかし、そこでの生活は、毎日、生活することそのものが楽しみだった。


小屋には、書類の入った机以外、鍵はなかった。掛け金や窓を打ち付ける釘一本さえ持ってなかった。昼も夜も、数日家を空けるときもドアに鍵をかけることはなかった。散歩に出て疲れた人は私の家の炉端で休み、暖を取り、読書の好きな人はテーブルの上の何冊かの本を楽しみ、好奇心の強い人は、食器棚を開けてどんな食事をしているか見ていたこともある。あらゆる階層の人が訪れたが、ひどい迷惑を被ることはなかった。

もし人が、当時の私のようなシンプルな生活を送れば、コソ泥や強盗などしないと信じている。そのようなことは一部の人が必要以上に物を持ち、一方、一部の人には必要な物がない、というような社会にだけ起きることなのだ。

この頃の人はいつでも必要以上の物を欲しがるけれど、時には質素なもので満足しなければならないということを学ばないでいいのだろうか。

三　衣類のこだわり

ニューイングランドの冬は厳しい。そのため、私たちは、適当な住居と衣服を使って体内の温度を適当に保っている。その上、外部の熱、燃料を使うことから料理をすることが始まった。動物の命という言い方は、動物の熱（体温）という言い方と同義なのだ。食料は、体内の火を保つ燃料と考えることができるからだ。燃料は食料を調理し、外部から温めることによって、身体の熱を付加的に保つことができる。住居も衣服も同じように、発生し、吸収される熱を保つ役割しかないのである。つまり、私たちの身体にどうしても欠くことのできないものは、暖かさを保つこと。体温を保つこと、ということになる。

貧しい人はいつも、この世の冷たさを嘆いている。そしてその悩みの大部分を、社会的な意味、肉体的な意味においても、この冷たさのせいにする。ある暖かい国では、夏になると極楽のような生活ができる。そうなると、食べ物を料理する以外に燃料は不要になる。太陽が火の代わりになって、多くの果物はその光線で十分に料理されたようになるのだ。また、食べ物が豊富になるので、すぐに手に入る。衣類や住居はほとんど不要になる。ところが、この国で、必要以上に金持ちになったものは、心地よく暖かいのではなく、不自然に暑くなっているのだ。すなわち、彼らは現代的な流行感覚によって料理されているのである。

人間の衣服は、樹木の皮と木そのものの関係と同じでなくてはならない。衣服というものは着る人に馴染むまでに時間がかかるのだ。それなのに、人は着心地が良くなる前にそれを捨ててしまって、すぐに目新しいものを求めようとする。

古代の賢人たちは貧しい人々以上に飾り気のない質素な生活をしていた。外見上は最も貧しく内的には最も豊かな階級の人たちであった。

テーラーが作るものならどんな似合わないコートも着なければならず、また、椰子の葉やマーモットの帽子をかぶるのを止めて、今度は王冠を買う余裕がないと愚痴をこぼすといった具合だ。

今あるものよりももっとモダンで豪華で、しかし、誰にもその建築費が払えそうにもないような家を造ることはできる。

このように、いつでも今ある以上のものを考えているけれど、時には質素なもので満足しなければならないということを学ばないでいいのだろうか。

衣類の目的は、第一に体温を保つこと、第二に裸の状態では社会生活ができないために、身にまとう必要がある。そのような有用性よりも、まず、見た目、流行などを優先して服を選び、買うのが一般的であろう。しかし、自分が欲しくてよく選んで買った服を着こなしているうちに、馴染んで身についてくると、それはその人自身に同化して、最後には、肉体そのものであるかのようになる。

一度しか着ない一着の服を、国王や有名人、裕福な人々のように、専属の仕立屋に作らせたとしても、ピタッとフィットした服を着る着心地の良さは分からないだろう。なぜなら、彼らは、きれいな服をかける木馬も同然なのだから。

世の中は、その人の立ち居振る舞いを美しく見せ、清潔でシンプルで、とてもその人らしい服になっているかどうかということより、いかに、流行に合わせたものであるかに、気を配る人のほうが多い。あるいは、一見して高級な生地で仕立てられたかを分からせることが、その人物を尊敬に値するかどうか判断する基準といったこともある。世間にそう思わせたいとばかりに、こだわって作られた服で身を飾る人がほとんどである。しかし、私たちは、他人の着ている服のことは知っていても、その人物の人となりは、ほとんど知らないのである。カカシに高級な服を着せ、自分はその横に立ってみるといい。きっとみんなはカカシのほうに挨拶するだろうね。

服を脱いだ人間が、自分の品位をどこまで保っていられるか、これを考えてみるのは大切だ。「文明国では、人の価値を着ている服で判断する」。偶然に金持ちになって、それで高級な服や身の回りを飾る。するとそれだけで尊敬され、持て囃《はや》される。そんな尊敬の仕方をする人々には、気をつけたほうがいい。

今では人間の価値が衣服によって判断されがちだが、衣服は着る人の心がけで立派にも見えれば下品にもなる。着ているものにツギが当たっていることで、その人を見下したりする。しっかりした良心を身につけることより、飾り立てることばかりにアクセクしている人。服を脱いだ人間がその人の尊厳をどこまで保っていることができるか。これは面白い問題ではないか。

郵便はがき

料金受取人払郵便

新宿局承認

3971

差出有効期間
2022年7月
31日まで

(切手不要)

160-8791

141

東京都新宿区新宿1－10－1

(株)文芸社

愛読者カード係 行

ふりがな お名前		明治 大正 昭和 平成 年生 歳	
ふりがな ご住所	□□□-□□□□		性別 男・女
お電話 番 号	(書籍ご注文の際に必要です)	ご職業	
E-mail			
ご購読雑誌(複数可)		ご購読新聞 新聞	

最近読んでおもしろかった本や今後、とりあげてほしいテーマをお教えください。

ご自分の研究成果や経験、お考え等を出版してみたいというお気持ちはありますか。

ある　　ない　　内容・テーマ(　　　　　)

現在完成した作品をお持ちですか。

ある　　ない　　ジャンル・原稿量(　　　　　)

名				
上 店	都道 府県　　　　市区 郡	書店名	書店	
		ご購入日	年　　月　　日	

書をどこでお知りになりましたか?

.書店店頭　2.知人にすすめられて　3.インターネット(サイト名　　　　　)

.DMハガキ　5.広告、記事を見て(新聞、雑誌名　　　　　)

の質問に関連して、ご購入の決め手となったのは?

1.タイトル　2.著者　3.内容　4.カバーデザイン　5.帯

その他ご自由にお書きください。

(　　　　　　　　　　　　　　　　　)

書についてのご意見、ご感想をお聞かせください。

)内容について

②カバー、タイトル、帯について

弊社Webサイトからもご意見、ご感想をお寄せいただけます。

ご協力ありがとうございました。

※お寄せいただいたご意見、ご感想は新聞広告等で匿名にて使わせていただくことがあります。

※お客様の個人情報は、小社からの連絡のみに使用します。社外に提供することは一切ありません。

■書籍のご注文は、お近くの書店または、ブックサービス(0120-29-9625)、セブンネットショッピング(http://7net.omni7.jp/)にお申し込み下さい。

四　社会と個人

孤独の楽しみ方～自然の一部になったような幸福感

今夜は気持ちのいい晩だ。身体全体が一つの感じになり、毛穴の一つ一つが喜びを吸い込んでいる。不思議な解放感を身にまとって、自然の中を歩き回り、その一部分になっている。

家に帰ると、誰かが訪ねて来てくれたらしく名刺が置いてある――それは花束のこともあり、常緑樹の花環のこともあり、あるいは鉛筆で名前の書いてある黄色いウォールナットの葉や、木切れのこともあった。めったに森へ来ることのない人は、森の中のちょっとしたものを手に取り、歩きながらそれをもてあそび、わざと、あるいは何気なくそれを残してゆくのだ。ある人は柳の皮をむいて、それを輪に編んで、部屋のテーブルの上に置いていった。私はいつも、そういう植物の一切れや、足跡で、留守中に訪ねて来た人がいたことを知るのだった。いやそれどころか、それらの残し物から、訪ねて来た人の性別、年齢、性格まで分かるのだ。

私は、ひどく人間嫌いな人や欝々とした気分で自分を閉じ込めている人でも、自然の中に居ると、素朴で優しく、裏表がない自分を見出すことができるということを何度か経験した。自然の真ん中で生活すると、真っ暗闇な憂鬱などで閉ざされることはあり得ない。

それぞれの季節との付き合い方を楽しむと、生活を重荷にしてしまうようなことは何もないと、私は信じている。

私は一人がさみしいと思ったことはないし、孤独感に悩まされたこともなかったけれど、この森の中に住むようになって数週間経ったころ、一度だけ、近くに誰かがいるということは落ち着いた健康的な生活をするために必要なことなのではないか、と、一時間ほど思い悩んだことがあった。独りぼっちになるのが、なんだか嫌に思ったのだ。けれども、同時に、私は自分の気分が、どうもいつもの自分と違うなと気付いて、すぐにこの気分は解消するだろうと思った。こういう考えにつかまってしまったとき、突然、自然や、雨だれの音や、家の周りの音、風の中に、とても気持ちが良くて、恵みに満ちた世界、言葉では言い表せない、思いやりにあふれた大気のようなものに包まれることがある。それは人のぬくもりよりも心地よく感じられた。そう思った瞬間に消極的な気分から解放された。

春や秋の長雨のときは、不思議に楽しいひと時である。その時期には、一日中外に出られず、止むことのない風雨の音でも、なんだか気が静められることがある。

人は私によくこんなことを言う。「雪の日や夜は特に、あんなところに住んでいたのではさみしくて、人恋しくなるでしょう」と。

私は次のように答えます。

「この地球だって、宇宙の中の針の穴より小さいものにすぎないのだ。人をほかの人から引き離して孤独にさせるというのは、いったいどんな空間なのだろう。

私は、大部分の時間を一人きりで過ごすのが健康的であることを知っている。たとえどんなに気が合う人でも、一緒に長くいると退屈で、付き合いが散漫になる。私は一人でいるのが大好きだ。これまで、孤独ほど友としてふさわしい相手をほかに知らない」

君は、自分の部屋にいるときよりも、外で人々と一緒にいるときに、強い孤独を感じないかい。考え事をしている人、仕事をしている人は、どこにいようと一人っきりだ。

孤独というものは、人との間の物理的距離で測れるものではないのだ。

ケンブリッジ大学の狭苦しい部屋にいる勤勉な学生は、砂漠の托鉢僧《たくはつそう》と同じように孤独であるし、農夫は一人で、畑や森で一日中仕事をしても、孤独だなどとは全く思わないだろう。それは、彼が仕事に精を出しているからだ。

付き合いというのは、ふつう、かなりつまらないものだ。私たちはお互いに新しい価値あるものを得るだけの時間的なゆとりも持たずに、ちょくちょく会ったりする。一日三回の食事のたびに会い、自分という、古臭くてカビの生えそうなチーズを互いに分け合う。

互いに争わずに済むように、礼儀作法という一定の規則を取り決めなければならない。郵便局で会い懇親会で会い、毎晩炉端で会う。押し合い圧《へ》し合いして生活し、互いの邪魔になり、互いに躓《つまず》き合う。こうして互いに、何らかの敬意を失っているのだ、と私は思う。

どんなに大事な心からのコミュニケーションも、少ない回数で十分だと思うけれど……。

孤独が好きだと言い放っても、私はほとんどの人と同じように社交的な付き合いが好きで、私とすれ違ったら最後、血気盛んな人に対しても、ヒルのようにくっついて離れない人間だと思っている。

断言しよう。私は世捨て人などではない！

もし、必要とあらば、酒場の威勢のいい常連が舌を巻くほど、長居することだってあるのだぞ。

草取りや、読書、物書きをした後の午後、私はたいてい湖で水浴びをして、少し入り江を泳ぎ、身体の垢を落とし、時には勉強のために刻んだ皺を伸ばして、全く自由の身になる。そのような気分は、全く人を解放する。

毎日、あるいは一日おきにぶらぶらと町まで歩き、絶え間なく交わされる噂話を聞く。それは人の口から口へ、あるいは新聞へと伝わるものである。それなりに、木の葉のざわめきや、カエルの鳴き声のように賑やかなものだった。

だから、ちょうどリスや鳥を見るために森を歩くように、いろいろな人を見るために、町へ出た。

町をぶらつくと、柵に座って日向ぼっこをしながら身体を前にかがめ、ときどき妙な顔つきであちこちを見まわしている人がいる。納屋にもたれて、柱のようになって両手をポケットに突っ込んでいるのもいる。そういう人たちは、風の便りを聞きたがる。これは噂話が最初に粗挽きされる製粉機と似ている。次に、家の中に持ち込まれると、さらに細かいホッパーに掛けられ、分析され、たくさんの私見で膨らんでくるのだ。

最初の夏が終わりに近づいたある日の午後、靴屋で修理の終わった靴を受け取りに町へ出かけたときのことだ。ちょっとした事件が起きた。私は、強引に逮捕され、牢屋に入れられてしまったのである。

私は普段から、自分の主義として、男女子供をまるで家畜のように議事堂の前で売買する国家には、びた一文として税金を払わない、と強く決心している。

その権威を認めていないからだ。国家は下劣な制度で、民衆を絶望的で奇妙な社会に無理やりに加わらせようとする。それで、私のほうも、がむしゃらに「社会に抵抗」することを貫くのだ。けれど、社会のほうが死にものぐるいなのだから、私は、私が社会を相手にして「暴れ狂う」ほうを選ぶのである。とはいえ、翌日には釈放され、修理した靴を受け取り、フェア・ヘブン・ヒルでハックルベリーの食事が取れる時間に間に合うように森に帰ることができたのだ。

「政治に関わる人々よ。どうして刑罰を用いる必要があるのだ。

徳を愛しなさい。そうすれば人々も徳をありがたがるようになるだろう。

上に立つ人の徳というのは風のようなもの、民衆の徳は草のようなもの。

風が頭を撫でれば、草は腰をかがめるのだ」

【解説】

森での生活中にソローは、ある夏の夕暮れ、町の靴屋に修繕を頼んでおいた靴を取りに出かけた。その途中で刑務所の看守で、税金の集金係をしていたサム・スティプルに出会った。そのころ、アメリカ政府はメキシコに対して不当な侵略戦争をし、南部諸州に奴隷制度を認めていた。ソローはそういう政府に対しては、人頭税を一文たりとも絶対に払わないと、強い信念を持っていて、実際に払わなかった。

「ソロー君、君がどうしても税金を払わないというのなら、刑務所に入ってもらうことになるんだがなあ」

「おおいに結構。こんな政府に税金を払うくらいなら、刑務所に入ったほうが自分の主義の潔癖さを守れるというものだ」

このような看守とのやり取りの後、ソローは、自分から刑務所に入っていった。悲痛な思いは全くなく、初めて入った刑務所の様子をじっくり観察したり、同じ房にいる男の話に夢中になったり、夜中に囚人が「人生って何だ！」と叫ぶ声に興奮した。

当時、アメリカ北部一帯でも奴隷解放運動が盛んで、エマソンも政府を一応非難していた。ソローが刑務所に入れられたというニュースは、瞬く間に町中に広がり、エマソンは事件の夜にそこへ出向き、ソローに面会して言った。

「ヘンリー、いったい君はそこで何をしているんだね」

それに答えて、ソローは言った。

「ウォルドー、あなたはそちら側にいて何をしているのですか」

その夜のうちに、ある人（おそらく叔母のマリア）がこっそりとスティプルに税金を支払ったために、ソローの牢獄体験は一晩で終わった。翌朝、スティプルに刑務所を出るように言われたソローは激怒した。

「私が税金を支払ったのでないのだから、私はここから出るのを断固拒否する」

しかしスティプルは、「もし君が出ないというのなら、叩き出すぞ！」と、力ずくでソローを外に放り出した。

このころのアメリカ合衆国は、独立以後、国家を二分する奴隷制度廃止問題に直面していた。アメリカが独立する以前の一六一九年、アフリカから初めて黒人奴隷が輸入され、それ以降、アメリカ南部の綿やタバコ産業は、奴隷労働力によって発展し、南部社会の経済的発展は彼ら抜きには成し得なかった。

ところが、一九世紀になって資本主義社会に変わり、機械文明が進んでくると、北部の市民から奴隷制度の廃止を要求する声が高まった。ソローの一家も奴隷制に反対する立場を取っていた。ソローはもちろん奴隷制に反対していたが、彼の怒りはそれだけでなかった。当時、アメリカ政府は、メキシコを侵略しようとして戦争を始めたり、カリフォルニアやニューメキシコまで手に入れようと目論んでいた。戦争に勝てば領土が広がり、奴隷制もこれまで以上に徹底され、拡張されるのは疑う余地のないことだった。ソローは自分の支払う税金がこのような不正な制度を維持し、戦争をするための政府に使われることが絶対に承知できなかった。だから、たとえ牢屋に入れられようとも、税金は払わないと決めていたのである。

コンコードの人々はこの投獄事件に強い好奇心を抱き、その理由を聞きたがった。そこでソローは、『国家に対する個人の関係』と題する論文をまとめて、一八四八年一月二六日に、町の公会堂で講演した。この論文は『市民政府への抵抗』として雑誌に掲載され、彼の死後には『市民の反抗』という題名に変わって紹介され、『ウォールデン─森の生活』と並んで有名になった。

個人の魂は神聖なものであり、国家にさえそれを侵す権利はない。悪法に従うくらいなら、むしろ投獄されるほうが名誉である、と主張したソローの論文はやがて、世界的に知られるようになった。

この論文でソローは、まず政府というものを本来の姿に戻して考え直そうとした。

私たちは、政府が何のためにあり、どのように「国」を治めるかということを問わないで、ともかくも「治めるもの」が政府である、と強権的になる。しかし、政府というものは国民が自分の意思を表すための道具でしかなく、この道具を使うのは本来、国民のほうではないか。政府は国民を治めるものではない。政府は国民の意思を無償で通過させる水路のようなものだ、という彼の考え方は、アメリカの民主主義の根本的精神に則るものであった。

政府は便宜上のものであり、個人は国家から独立して尊いことを主張した。その個人の規範となるのは、法律制度よりもむしろ、「人間の良心」である。良心の命ずるところにより、個人は道徳に反する行為をする政府に抵抗する権利と義務がある。また、多数支配というデモクラシーの原則は疑問である、として次のように説いた。

「群れを成す人間は、しばしば人間というよりも機械的になり、肉体をもって国家に奉仕しているにすぎない。それに比べれば、真に正しく人間として振る舞うものは、一人でも多数派である」

「周りの人々よりも優れて正しい人は、一人でもすでに一票の差による多数派を構成しているのである」

この考え方は長いこと反政府主義であるという理由から、国内では認められなかった。しかし、二〇世紀初頭、ロシアで農奴解放運動を熱心に進めていた文豪トルストイは、アメリカの雑誌『ノース・アメリカン・レビュー』に「アメリカ国民へのメッセージ」という論考を発表し、その中で、「自分に影響を与えた人物」の一人にソローの名を挙げた。

一九四〇年代には、ナチスの占領下にあったヨーロッパで抵抗運動の手引書になり、イギリス労働党もその初期にこの論文を教科書とした。

中でも強い影響を受けたのは、インド独立運動の指導者マハトマ・ガンジーであった。訴訟事件解決のために一年契約で南アフリカに赴いたガンジーは、有色人種に対する白人の迫害を見かねて人種差別反対闘争を組織し、その指導者となり、それによって投獄された。獄中で彼は、ソローの『市民の反抗』を繰り返し読み、ノートに書き写した。のちにガンジーは、『私に平和はなかった』の中で次のように述べている。

「ソローの思想は私に大きな影響を与えた。中には自分の思想として受け入れた部分もあり、当時、私を助けてインドの独立のために身を投じたすべての友人に、ソローを研究するように勧めた。それどころか、現に私は自分の運動の名前もソローの『市民の反抗』の中から引用した。その論文を読むまで、私のインド語サチャグラハ（サンスクリット語で二つの単語からなる合成語。「魂の力」の意味。ガンジー特有の表現である）にあたる適当な英語の訳語が見当たらなかった。……ソローの思想がインドにおける私の運動に大きな影響を与えたのは疑いがない」

ガンジーは、彼の運動の精神を表現する際に、ソローの「不服従」という言葉を武器として闘った。

アメリカ国内では、一九六九年代半ば、ノーベル平和賞を受賞した黒人指導者、マーチン・ルーサー・キング牧師が大学時代にこの論文を読み、間違った考えによる悪い制度と闘っていく方法について、深い暗示を得、やがて自分の非暴力運動に役立てていったのであった。

キング牧師は、『自由への大いなる歩み』の中で、彼がアトランタのモアハウス大学在学中にこの論文を読んだときのことを述懐し、「悪しき制度との協力を拒否せよ、というソローの考えに心の底から感動して繰り返しこの本を読んだ。非暴力的抵抗の理論に接し、これほど感動したのは初めてであった」と、述べていた。

五　人間距離《じんかんきょり》

椅子は三つでいい

私の家には椅子が三つあった。一つは孤独のため。一つは友情のため、そしてもう一つは付き合いのためだ。

小さな住まいに、たとえ訪問者が思いもよらず多いときでも、椅子は三つだけだったけれど、そういうときは、立って空間を節約した。小さな家がどれほどの男女を収容できるかというのは、驚くほどだ。一度に二五人、三〇人を家に入れたことがあるけれど、それでもたいてい、お互いに身体がひどく近づいて不愉快になったとは思えない。

大切にしたい人間距離

小さな家で私が不便を感じるのは、難しい言葉で、難しい思想を議論し始めるといったときである。相手と十分距離が保てていると感じられなくなるからだ。互いの考えがきちんと港へ着くには、航海の準備をして、一度や二度、海を走ってみるだけの余裕が必要だ。思想という弾丸は、聞く者の耳に届く前に上下左右の揺れに耐え、最終的な安定した弾道に落ち着かなければならない。さもないと、それは相手の頭からこぼれ落ちてしまうかもしれない。同じように文章も、展開し、隊列を整えるだけの空間を必要とする。個人も、国家と同じように、互いの間に適度に広くて自然な境界線、あるいはかなりの中立地帯といったものさえも、持っておかねばならないのだ。

私の小さな家では、お互いがあまりに近づきすぎて、相手の話を聞くことができないということはなかった。これはちょうど、滑らかな水面に石を二つ、あまり近づけて投げ込むと、互いの波を壊し合ってしまうようなもので、しっかりと聞き取れるほど、大声を出さなくてもよいのだ。もし、ただのおしゃべりな大声の持ち主ならば、頬と頬を寄せてお互いの息遣いが感じられるほどに近くにいてもいいだろう。けれど、控えめに思慮深く話そうとすれば、動物的な熱気や湿気が蒸発してしまうくらいの距離が必要になる。

もし、お互いがなかなか話すことのできないもの、あるいはそれを超えた深みのある会話をしようとするなら、私たちは沈黙を守るだけでなく、どんな場合にもお互いの声が聞こえないほど、肉体的にも離れていなければならないのだ。ところが会話がだんだん高尚になると、重みが加わって、互いが少しずつ椅子を後ろへずらし、ついには双方が壁に突きあたってしまう。

とっておきの部屋

心配ご無用。

私の部屋には「とっておきの部屋」、「引きこもり用の部屋」があるのだ。それは家の後ろに広がる松林だった。そこならいつでもお客を通すことができた。夏の日、特別なお客が来ると私はそこに案内し、最高の召し使いが床を掃き、家具の埃を払い、整理してくれるのだった。

お客が一人のときは質素な食事を共にしたけれど、トウモロコシ粥をかき混ぜたり、灰の中でパンが焼けるのを見ていたりしても、話の妨げにはならなかった。ところが、二〇人もの客が来て家の中に座り込むと、二人分のパンがあったとしても、食べることは話題には上らなかった。これは少しも礼儀知らずなことではなく、むしろ思いやりのあるやり方だと思えたのだ。

客をもてなすために見栄を張った食事にお金をかけることはない。そんなことで自分の評判を上げようとしても、そんな魂胆は見え透いているし、逆効果だ。客は豪勢な料理よりも、温かく迎え入れてくれて、楽しい時間を共に過ごせることのほうを喜ぶのだ。

率直に言うと、訪問した家人が、私にご馳走しようと気をもんでいる姿以上に心苦しいことはない。再びその家を訪問する気分が失せてしまう。なんだか相手がそうすることは、来客者に対して、面倒をかけさせないでくださいと、ひどく丁寧な遠回しな暗示だと解釈するのは考え過ぎだろうか。訪問先で、そういう場面には出くわしたくないと日ごろから思っている。

私は、ある訪問者が名刺代わりにウォールナットの葉に書いたスペンサーの詩の数行を、我が家のモットーとすることに誇りを持っている。

「やってきて、彼らは小さな家を満たす。
誰もいないところでは、もてなしを求めることもない。
休息が彼らの祝宴、すべてが思うまま
最も気高い者が　最高の満足感を得る」

招かれざる客

これが私の建てた家です。
これが私の建てた家に住む男です。

というこの二行だけを読むと、私が自分のことを自慢していると思うでしょう。ところが三行目があるんです。次の一行に耳を澄ましてくださいよ。

この人たちは、私の建てたこの家に住む男をイライラさせる人たちです。

私のところを訪れる人の中には、もてなしではなく、救護を求める人もいた。彼らは熱心に助けを求めるのだけれど、最初に、自らを助ける気がまるでないことを口にするのである。私が仕事に戻ってよそよそしい態度を取っても、それがお断りしてい

ることは気付かない人もいる。そして上目使いで私を見つめ、

「クリスチャンよ。私を追い返すつもりかね」

と、祈るようなそぶりで手を合わせる者もいた。

私には訪ねてくる人たちの特徴がよく分かる。

男の子や女の子、それに若い人々は、たいてい森に来ることが好きだった。湖をのぞき、花を摘み、時間を上手に使っていた。商売人は、農夫でさえ、たまに森を歩くのが好きだと言い訳しながら様子を見に来た。その中には、生活費を稼ぐ、そのためだけにすべての時間を奪われている、落ち着きのない人たちもいた。

あるいは、まるで自分が専売権を持っているとでも言いたげに、「神について語る」牧師、他人のどんな意見も受け付けない、尊大な態度の医師や弁護士。ある婦人は、どうして自分の家のシーツのほうが私のシーツより清潔だなどと噂する。どうして私のシーツが汚れているかを、あなたは知っているのですか。

人生の最も安全な生きる道は、公職のような間違いない職業を歩むことだと放言する、年寄りじみた若者。そういう人々は、私のしていることに対して、「あなたの人生は、さしていいことはないだろう」と言いたげだ。

なんということだ。そういう考えが問題だと私は言っているのだよ、君！

年齢や性に関係なく、みんな病気や、突発的な事故や、死のことばかり考えている。結局、生きている限り死ぬ危険はいつだって付きまとうのだ。座り込んでいたとしても、走るより危険が少ないというわけではないのに。

最後に、自称・社会改善活動家というのがいる。彼らほどうんざりさせられるものはない。そこで私はいつも、「これが私の建てた家です／これが私の建てた家に住む男です／というこの二行だけを読んで、私が自分のことを自慢していると思うだろうが、三行目があるんです。耳を澄ましてくださいよ」と言うことにしている。

私は鶏を飼っていなかったから、鶏荒らしの心配はなかったけれど、人間荒らしは怖かった。

●いつでも大歓迎の人たち〜町からの距離によって、ふるいにかけられた友人たちの訪問

楽しい人たちもやってくる。いちご狩りの子供たち。きれいなシャツを着て日曜日の朝の散歩を楽しむ鉄道マン。単純で、誠実で、簡単な言葉で真実を語る漁夫や農夫。詩人や哲学者。つまり、村を抜け出して、自由を味わいに森へやって来たすべての正直な巡礼者たち。こういう人なら喜んで迎えたい。

「よく来てくれたね、みんな。よく来たね」、というのも、私はそういう人たちと、森の生活で心を通わしたいからだ。

私は森の家で、ほかではとても得られそうにもないくらいにいい環境で人々と会う

ことができた。つまらない用事でやってくる人はほとんどいなかった。この点では、友人たちは、町からの距離によってふるいにかけられたのだ。私は、付き合いという川の流れこむ孤独な大海原の沖へ引きこもっていたので、私が必要とする限りにおいては、最上の沈殿物しか溜まらなかった。

端的に言えば、人は召し使いや奴隷を買えるかもしれないが、友人を買うことはできない。

良き友人はめったに見つからないものであるから、見つかるまでは一人でいるほうが良いと、私は断言する。真の友は時空を超えた存在だ。古典を開いて遠い昔の友達に会いに行こう。

私はいつも人間や広い世界のことに興味を抱いている。私は音楽が好きで、フルートを吹いたり、ダンスをしたり、妹のピアノに合わせて歌を歌ったりして楽しんだ。私は耳がよく聞こえたので、鳥のさえずりから、その鳥を正確に識別することができた。私は、この地方で、鳥の声を収集してまとめた最初の一人であると自負している。
観察することや考えることがうまくなっていくにしたがって、生活そのものが楽しみになった。町にいても、森にいても、友人と一緒でも、全くの一人きりでも、そこに楽々と居座り、無理せず、調和して楽しむことの名人になったのである。

【解説】

二八歳で独身。鉛筆製造で成功を収めながら定職につかず、森での単独実験生活を実践する。そういうソローを人間嫌いの変わり者と思うかもしれないが、実は意外に、彼にはたくさんの友人がいた。ほとんどが、当時のアメリカを代表する思想家や哲学者、文学家、宗教者、女性解放運動家などだった。
ソローのウォールデンでの生活は、彼の人生で最も充実して、幸せなときだった。彼の小屋にはたくさんの人が訪れた。例えば、開通したばかりの汽車に乗って誇らしげに仕事に通う労働者。アレック・セーリアンという樵《きこり》、彼とはホメロスについて語り合った。ブロンソン・オールコットは日曜日の夜に来て、教育について議論した。エラリー・チャニングは二週間も泊まることがあった。エドモンド・ホーズマーも頻繁にやって来た。

エドモンド・ホーズマー

エドモンド・ホーズマーは病弱だったので、ハーバード進学を諦めた。彼は農夫でありながら、哲学者でもあった。エマソンもソローも彼を尊重していて、エマソンは、彼の処女作の『自然』のコピーを作ってホーズマーに贈呈したほどだった。ソローの小屋の棟上げには屋根を葺くのを手伝い、ソローの『日記』にたびたび登場する人物であった。

彼の母親と妹は、おいしい食べ物を運んできた。

ホーズマー家も、オールコット家も、エマソン家も家族全員が遊びに来た。たくさんの町の子供たちがソローの話を聞きに来て、一緒にボート漕ぎをして一日楽しんだ。

彼の小屋の湖に続く前庭は、友人や町の人々にとっての、格好のピクニック広場になっていた。

ブロンソン・オールコットとルイザ・メイ・オールコット

ブロンソン・オールコットは、哲学者で教育者。教育方針は、児童と直接触れ合うこと。対話を重視する教育方針を採用した。フルーツランドという生活共同体を建設したが、その事業は失敗した。彼はむしろ、『若草物語』の作者、ルイザ・メイ・オールコットの父としてよく知られている。

ルイザ・メイと、その三人の姉妹にとって、ソローは兄のような存在であり、家庭教師であり、理想的な憧れの男性であった。のちに、ルイザ・メイは、ソローを亡くした悲しみを綴った『ソローの横笛』という麗しい一編の詩を捧げて、その死を悼んだ。

マーガレット・フラー

マーガレット・フラーはアメリカで最初の女性の権利解放論者であった。父親から厳しく教育を受けた彼女は神童と呼ばれるほど優秀であった。ドイツ語が堪能であった彼女は、超絶主義グループのドイツ文学を担当して講義した。のちにニューヨークの『トリビューン』誌の記者となり、特に批評欄の担当者として有名になった。一八四六年、ヨーロッパに旅行し、イタリアで革命家ジュゼッペ・マッツィーニの熱烈な支持者となり、その配下のイタリア人貴族、ジョヴァンニ・アンジェロ・オッソリと結婚し男の子をもうけた。一八五〇年、コンコードに帰国の船が陸を目前にして難破し、一家全員が死亡した。エマソンは彼らの遺体や遺品を捜索するために、ソローを遭難現場に行かせたが、何も発見されなかった。ソローは深く嘆き、エマソンやチャニングとともに、マーガレットの文章をつないだ自伝風の『メモアーズ』を出版した。

ナサニエル・ホーソーン

アメリカ文学史上、最初の第一級の執筆家と謳《うた》われ、代表作『緋文字』や、友人で第一四代アメリカ大統領フランクリン・ピアースのために大統領選挙用の自伝を作成したことで知られる。ナサニエル・ホーソーンは、ソローとのボート漕ぎが非常に好きで、とうとう彼のボートを譲ってもらった。彼はこのボートに『ウォーターリリー』と命名して愛用していたが、すぐにチャニングに売ってしまった。結局ボート漕ぎがうまくならなかったからであった。

ウィリアム・エラリー・チャニング

ウィリアム・エラリー・チャニングはソローの生涯の親友であった。チャニング一族はボストンの名家であり、同名の叔父は有名なユニテリアンの牧師で、一八二五年にアメリカ・ユニテリアン教会を設立した。ユニテリアンはキリスト教プロテスタントの一派。キリスト教正統派教義の三位一体説に反対し、神の単一性を主張する。

ラルフ・ウォルドー・エマソン

アメリカを代表する思想家のラルフ・ウォルドー・エマソンとソローの関係は、師匠と弟子というだけでなく、家族ぐるみの長い付き合いの中で、互いが深い信頼の絆でつながっていた。ソローに最も大きな影響を与えたのがエマソンであり、超絶主義という思想があることを教えた。

超絶主義とは、これまでの唯一絶対神にすべてを委ねるという教えや、一方の物質主義のような考え方ではなく、主観的な直観を強調し、人間に内在する善と直観的に自然に潜む真理をつかもうとするものである。真理を直観する能力は誰にも生まれつき備わっている。自分の直観を信じることこそが大切なのだ。そのためには自己鍛錬や自己浄化という訓練が必要である、一方、社会とその制度が個人の純粋さを破壊しており、人間は自立の精神で独立独歩することにより、生きる価値の真髄を見出すのである、という教えであった。

エマソンはソローに初めて出会ったとき、ソローこそがこの主義に最も忠実で、超絶主義を体現できる人物であることを確信した。

初めて二人が出会ったのは、ソローがハーバード大学に入学した秋のことであった。

「君は日記を付けているかね」、というエマソンの言葉に強く刺激されたソローは、町の文房具屋で早速ノートを買い、最初のページにエマソンの言葉を書き留めた。それ以後、彼の二〇巻に及ぶ『日記』には、自然と人間生活の観察データ、エッセイの下書き、哲学などが認められ、『ウォールデン─森の生活』と並ぶアメリカ文学の古典となった。

エマソンは若いソローの才能を見抜き、彼に自宅の図書室を開放し、知的集団として知れ渡っていた超絶主義グループの一員として招き、ソローは彼らの発行していた『ダイヤル』誌の編集などにも関わることになったのだった。

エマソン家の子供たち

エマソンは当時から有名な哲学者として知られ、講演のために長期の旅行をすることがたびたびあった。そのようなときは、ソローが父親代わりになって、エマソンの子供たちの世話を任せられた。ソローがエマソンの家に住み始めた日から、家の様子が変わってきた。庭には花が咲き乱れ、リンゴの木にはたわわに実が生《な》った。暖炉の薪は高く積み上げられ、冬の用意も調い、エマソン家はひときわ賑やかで、朗らかで晴れ晴れとしてきた。特にエマソンの長男ウォルドー（父と同名）は、ソローのことが大好きだった。

誰よりもソローを慕っていたウォルドーは、ソローの兄・ジョンが亡くなった一カ月後に猩紅熱《しょうこうねつ》で亡くなってしまった。わずか、五歳であった。思いがけなくも二人の最愛の人を亡くしたエマソンとソローは、同じ悲しみを分かち合うように、急速に親しくなっていった。ソローはそれ以降、喪失感と虚しさでぽっかりと心に空いた大きな穴を埋めるかのように、自然の中に埋もれていった。

エマソン家でのソローの最大の楽しみは子供たちと過ごすことであった。エマソンは亡くなったウォルドーのほかに三人の子供がいた。八歳のエレン、エディスは六歳、エディは三歳だった。子供たちはいつも留守がちの父親のことは忘れてしまったように、「僕たちのお父さんになって……」とせがんで、ソローを困らせるほどだった。

ソローは、エマソン家の門の前に来ると、「ピューヒュルルー」と口笛を吹いた。それがソローと子供たちの合図だった。その口笛の音を聞くと、子供たちはいっせいに素足のままで駆け出して、玄関に立つソローに飛びついた。庭作業をしているときも、子供たちは片時もソローのそばを離れなかった。子供たちには、ソローのいない日など、想像もつかなかった。

ソローはいつも三歳のエディを肩車して散歩に出た。かぼちゃの茎で作った草笛の吹き方を教えて一緒に合唱した。寒い日には、暖炉の周りに寝そべって幼いころの冒険談を語った。ウォールデン湖で見つけた亀や、蟻の格闘の話をした。話が川下りの最も興奮する場面に及ぶころには、暖炉にかけてあった鍋も熱くなり、その中に入っていたポップコーンの弾ける音で、その場の雰囲気は最高潮に達するのだった。

季節ごとに、ソローは子供たちを連れて野山を歩き、野生の花や実を集め、動物と仲良くなる方法を教えた。あるときは、ウォールデン湖にボートを浮かべ、子供たちに漕ぎ方を教えた。オールでボートの側面を叩き、あたりにこだまして響き渡る音を聞かせたりするのだった。

至極のギャラリー

たまに、一日の草刈りを終えてから、私は朝から湖で釣りをして待っている仲間のところに行った。

彼は鴨のようになって、水面を漂う木の葉のように静かにじっとして、いろいろな哲理に想いを巡らし、私が近づくころには、「私の過去は修道士であった」という結論に達し、ぼそりとつぶやくのだった。

また、一人の釣りの名人がいた。彼は森のあらゆることに精通していた。私の家は、釣り人にとって都合の良い場所に建っているとほめてくれたこともあった。

ときどき、私たちはボートの両端に乗って、湖の上に浮かび、互いに言葉を交わすこともなく、釣り糸を垂らして過ごした。老人の耳が遠くなっているので、言葉を交わさないという理由もあったが、たまに、彼が口ずさむ讃美歌が、そのとき私が考えていることに調和していた。こうして私たちは、言葉によるコミュニケーションなどとは比べ物にならないほど、心地よい思いを分かち合うのである。

一人で釣りをするときは、オールでボートの縁を叩き、周囲の森を、輪になって広がる木霊の音で満たした。

ウォールデン湖の風景は規模としては控えめなもので、とてもきれいだったけれど、雄大ではない。けれど、その深さや透明度においては、特筆に値する。湖の長さは半マイル（八〇四メートル）、周囲が一・七五マイル（二・八キロ）、面積六一・五エーカー（二四・七万平方メートル）。松とオークの森の真ん中にある深緑色の、永久の泉である。

ウォールデン湖の水の色は、同じところから見ても、あるときは青、またあるときは緑色に見えるのだ。天と地の間にあって、それは両方の色を帯びる。丘のてっぺんから眺めると、それは空の色を映し、そばへ近づくと砂の見える水辺では黄色っぽく、それから明るい緑色になり、それがだんだん深くなって湖の中心をなす深緑色になってゆくのだ。水はとても透き通っていて、二五ないし三〇フィート（約九メートル）の深さまでよく見える。

ウォールデンという名前

町の人々は、ウォールデンの名前の由来を、年寄りから若いころに聞いたと言っている。

昔、インディアンたちが、湖の深さと同じ高さの丘の上で儀式を行っていた。そのとき彼らが神を汚すような言葉をたくさん使ったために（ということになっているけれど、私は、彼らがこのような罪を犯すとは全く信じていない）、その儀式の最中に丘がぐらぐらと揺れ出して突然沈み、ウォールデンという名の老婆一人だけが助かった。そして、彼女に因《ちな》んで、湖にその名が付けられた。丘が揺れたときに小石が転がり落ちて、今のような岸辺ができたのだということになっている。この湖の名前がどこかイギリスの地名――例えばサフロン・ウォールデン――に由来するものでなければ、もともとはそれがウォールド・イン（壁に巡らされた）湖と呼ばれていたと考えることもできる。

湖は、私にとって既成の井戸だった。一年のうち四カ月は、水はいつもその清らかさと同じように冷たかった。それに、最高とは言わないまでも、町の至る所の水と比べて同じくらいに美味しい水だと思う。

湖は大地の目

湖は、風景の中でも最も麗しい、表情豊かな部分だ。それは大地の目だ。見る者はそれをのぞき込んで自分自身の深さを測る。岸辺に立つ木々はそれを縁取る細かいまつ毛であり、周囲の木に埋もれた丘や崖は突き出したままなのだ。

穏やかな九月の午後、薄くかかった霧で向こう側の岸辺の線がぼんやりしているとき、湖の東岸の滑らかな砂浜に立っていると、「鏡のような水面」という表現がどこから来たものかよく分かった。頭を逆さにして眺めると、谷を横切って張られた細い蜘蛛の糸が遠くの松を背景にして輝き、一つの大気の層をもう一つの層から分けているように見える。その下を全く濡れずに対岸まで歩いて行けそうだし、その上をかすめ飛ぶツバメもそこに止まれそうだ。実際、ツバメはたまにその境界線の下までダイブし、ハッと気が付いて方向を変更するように見える。

湖の西側のほうに目を移すと、本物の太陽と水に反射した太陽の両方から目を守るために両手をかざさなければならない。そして、その間にある水面をよく見ると、文字通り鏡のように穏やかで、所々で同じ間隔で散らばっているミズスマシが太陽の光の中で動いていてかすかに煌《きら》めき、鴨が羽を繕《つくろ》い、同じツバメが、水面すれすれに低く飛んで、水面を揺らすのだ。また、遠くのほうで、魚が空中に二、三フィート飛び上がり弧を描く。水に戻るときは、きらきらと水しぶきが上がるのだ。アザミの冠毛が浮いていて、魚がそれに飛びつきさざ波が立つ。それは、よく冷やされずに、まだ固まっていない溶けたガラスのようで、その中にある少しばかりの塵が、ガラスの中の混ざりもののように光る。

九月、一〇月の晴れた日は、ウォールデン湖は、とても手に入れることのできない宝石のような石がちりばめられた、完璧な森の鏡のように私の目には映る。この湖のように美しく、純粋で、これほど大きく輝くものは、地球のどこにもないだろう。どんな嵐も、どんな埃も、いつもその新鮮な表面を曇らせることはできない。

水の広がりは、空中の精霊のようだ。それは絶えず空から新しい生命を受け、大地と空の中間的な性質を持っている。地上では、たなびくものと言えば草や木だけれど、ここでは水そのものが風に揺らぐのだ。私には、光の筋や縞を見て、風がどこを横切っているのかが分かる。

私たちはその水面をのぞき込めるというのは素晴らしいことだ。やがて水の表面を精霊たちが、穏やかで神秘的な姿で渡るのを見ることがあるかもしれない。

この湖は、ボートに汚されたことがほとんどない。泥を必要とする白ユリやイチハツの代わりに、透き通った水の中には岸辺全体に石の多いところから菖蒲が所々にスッと立ち上がって気高い。六月になるとハミングバードがやって来る。菖蒲の青みがかった葉と花、そこへやって来たハミングバードの水に映った姿は、青い水と素晴らしく調和している。

ホワイト湖とウォールデン湖は、地上の大きな水晶であり、光の湖だ。この湖はとても純粋で、ほかの何とも彼とも比べることなどできない。不純なものはいっさい混じっていない。

空を飛ぶ羽と、可憐な歌声をもった鳥たちは花と調和しているけれど、どれだけの若者や少女たちが自然の美しさと調和できるだろうか。彼らの住む町から遠く離れて、自然はそれだけで栄えている。

天について語ろうだと？　君たちは大地を辱《はずかし》めていることをまず知ることだ。

私はウォールデン湖の森に入るには、まず猟師、あるいは釣り人として入り、もし自分の中により良い人生の種子を持っていれば、詩人となり、博物学者としての自分自身の可能性の領域を見つけ出して森を出ていくことになる。銃や釣り糸を捨てるようになるのだ。

森の生活が教えてくれたこと

季節が春に移った。春になると、太陽は空気と地面を温めて、その熱は三〇センチ以上もある湖の氷を通して浅瀬の底で反射して水を温め、氷を表面から直接解かすだけでなく、裏からも、同時に解かすのだ。こうして、不揃いになった氷は、中に含まれた氷が上下に弾けて蜂の巣のようになり、ついにたった一度の春の雨でにわかに姿を消してしまう。氷にも木材と同じように木目があり、氷の塊が崩れ始めるとき、つまり、蜂の巣状になり始めると、空気の穴は水面に直角になる。水面近くまで岩や丸太がせり上がっているところでは、その上の氷はかなり薄く、反射熱ですっかり解けてしまう。

湖では一年の現象が毎日少しずつ現れる。

一日は、一年の縮図なのだ。夜が冬で、朝と夕方が春と秋、昼が夏に相当する。

森にやって来て住むことの魅力の一つは、春が訪れるのを目の当たりにすることができるということだ。春の到来は、混沌から宇宙が創造されたことと似て、黄金時代の実現を感じさせる。

春の息吹は、同時に、人間の心身の隅々までを躍動させてくれる。

もし私たちがいつも現在に生き、自分の上に降るわずかな露の恩恵を正直に表す草のように、身の上に起きるあらゆる出来事をプラスに変えることができたら、そして過去のチャンスを見逃したと思い、それを補うために義務感など抱かずに、努力して時を過ごすことを考えれば、必ずや、感謝の念を強くするであろう。

村を囲む人間に荒らされていない森や草原がなかったら、人間の生活は活気のない粗雑なものになるだろう。人間には野生という強壮剤が必要なのだ。

私は、森で生活を始めたのと同じように、それなりの理由があって森を後にした。

為すべきことがほかにもあり、森で暮らす時間をそれ以上に費やすことはできなかったから。私たちはためらいもなく一つの道にあっさりはまり込み、自分で道を踏み慣らしていくことができるのは、注目すべきことだ。あの小屋で、ドアから湖畔までの道を作るのに一週間とかからなかった。それからすでに五、六年経っているが、いまだにその小道はかっきりと確認できる。

少なくとも、私は自分の経験でこういうことを学んだ。もし人が、自分の夢の方向に自信を持って進み、思い描いていた生活を送ろうと努力すれば、普段では想像もつかなかった成功に巡り合えるだろう。背後に何かを残し、先にある、目には見えない境界線を越えるだろう。

もし、空中楼閣を建てたとしても、失敗するとは限らない。楼閣はそこにあるべきものなのだ。さあ、その基礎造りに励もうではないか。

私たちは、自分が今どこにいるかを知らない。しかも、一生のうちに与えられた時間の半分近くは、ぐっすり眠っている。それなのに、自分を賢いと思い込み、地表で一つの秩序を作り上げている。

森の地面の上に散乱した松の針の中を這いまわって、私の視線から隠れようとしている虫を見下ろし考えてしまう。その虫がなぜそういう行動をするのかと。もしかしたら、その虫の恩人になるかもしれないし、良い知らせを運ぶものになるかもしれないのに。それなのになぜ、私から隠れるように動くのか、と自問しているうちに、私は人間という虫を見下ろす、偉大な恩人の存在をひしひしと感じるのである。

私たちの命は、川の水のようなものだ。今年は、誰も経験したことがないほど増水し、干上がった高地を水浸しにするかもしれない。あるいは、波乱の多い年になり、マスクラットを全部溺死させるかもしれない。今の場所が、昔から乾燥していたとは限らない。科学が洪水を記録し始める以前、昔の流れが洗った川の跡を内陸で見ることもある。

ニューイングランドで広まった次のような話を、誰もが知っているだろう。

マサチューセッツの農家の台所に六〇年間置かれていたリンゴの木の古いテーブルの袖板から、強くて美しい虫が現れた。板の年輪を数えてみると、その卵はテーブルが作られるずっと以前の、その木がまだ生きていた時代に、木の中に産み付けられていたのだろう。多分に考えられるのは、そのテーブルの上に置いたコーヒーポットの熱で孵化したのだろう。外に出ようとする気配は、二、三週間前から聞こえていた。

この話を聞いて、復活と不死に対する信仰心が強まったと感じないものはいないだろう。

この卵は木肌の分厚い生きた木の白質の部分に産み付けられ、その木が徐々に枯れた残骸に変質するまで、長年に亘って年輪に埋め込まれていた。家族がそろって食卓についたときに、虫は外へ出ようとして家族を驚かせたかもしれないけれど、この世の一番つまらない祝いの品の家具から、思いもよらない美しい生き物が現れ、この、忘れられない夏の思い出が永遠に語り継がれるようなことがあるのだ。

あらゆるものには時季があり、ある定まった現象に気付かされるのは、時季そのものによるのである。それ以外の時季に起きる現象が、同じものであるかというのは疑わしい……。

賢い人は、今日すべきことを知っており、それを実行する。暦のように厳格な規則によって縛られるべきではないが、季節に縛られるのは大賛成だ。人間の気分や考えは、自然の気分や考えと同じくらい着実に、また絶え間なく回帰している。何一つ、先延ばしにしてはならない。

好機を前髪によってつかめ！　今こそ好機逃すべからず！　君は現在に生き、あらゆる波に乗って船出し、刹那、刹那に永遠を見出さねばならない。

森の生活を終えてから亡くなるまで〜ソロー、最期の日々

【解説】

二年二カ月二日の森での生活で、ソローは亡き兄との思い出を綴った『コンコードとメリマック川の一週間』を書き上げ、いくつかエッセイも書き、町の公会堂では奴隷解放のための講演をし、その運動にも参加し、家業にも励んでいた。『ウォールデン―森の生活』の初稿はこのときに書き下ろした。その全体には、空や水、木や鳥、畑とリス、雪やキツネ、湖の氷、あらゆる自然の描写が美しい文章で綴られている。それは、彼の眼がとらえた自然の風景が忠実に表現された。ソローは常に自然現象を緻密に視る訓練をしていたが、自然には人間の眼では見ることのできない不思議な奥深い世界があることにも気付いていた。

森の生活を終えてから亡くなるまでの約一五年の日々で、ソローは特に目覚ましい

活躍をして名を広めることはなかった。しかし、亡くなる直前まで、彼は朗らかに自分流の暮らし方に忠実に、「簡素に生きる」という主義を貫いた人であった。

彼は幼いころから自然の中で過ごすことが好きだったが、死ぬ数日前でもその習慣を変えなかった。エマソンに勧められて書き始めた『日記』も続けていた。三〇歳でウォールデン湖の小屋を去ってからも、彼は『ウォールデン――森の生活』を書き続け、この本は彼の生前中に出版された唯一の本である。また、測量技師としての技術はかなり専門的で、町の人々は、その分野でも彼を信頼していた。ウォールデンでの生活中に実験したことの一つは、「湖には底がない」という噂を聞いて、実に簡単な道具を作って、単独で本格的に湖底の探査を始めたことであった。彼の観測の正確さは、現代の最新機器による観測結果と同等であることが実証され、驚嘆されたが、なぜソローはそれほどまでに、ウォールデン湖にまつわるこの噂にこだわったのであろうか。

彼は、測量して湖底があるという結果に満足した。しかし一方で、人々がこの湖の

「底なし伝説」を疑いもなく信じていることに対して、深い感慨を抱いた。彼は、この湖が深く清くあるものの象徴であることに改めて感謝した。町の人がこのように無限なものを信じること。湖に底がないという計り知れないもの、神秘的なものへの憧れを抱き続けることは、大切なことであると確信したのだった。ソローは極めて優れた、客観的で科学的な観察力を持った人であったが、同時に、自然に直接触れることによって、自然の深い奥に潜む偉大な存在に、敬虔な心を寄せていた。

ソローは長生きした人ではなかった。三〇代後半になってからは、特に身体が弱っているのが誰の目にもはっきりしてきた。彼を知る人は皆、そのことに心を痛めていた。

ところが彼は、自然観察の記録や体験結果をまとめ、それをエッセイや旅行記にした。求められれば、ニューイングランド中の町や学校で講演をした。有名な講演は、亡くなる二年前にコンコードで行った『野生のリンゴ』の話である。それは、彼の豊かで幅広い知識をもとに、リンゴの歴史や特質を語ったものであった。野生のリンゴが雌牛に食べられることに怒って、激しく抵抗し闘い続ける話、さまざまな種類のリンゴの命名法などを面白く話しながら、人間は自然から無数の恩恵を受けているという真理を述べて、どこでも大評判であった。

ソローという人は、その短い生涯で、できるだけ自分の主張する考えと行動、生活が一致するように努力した人であった。

彼の主張の一つに、間違った政府に対して、個人はどう正義を貫けるか、ということがあった。

やがて彼は、人生の終わりごろにこの態度を一貫させたことを証明する事件に関わることになる。それは、ジョン・ブラウン事件であった。

ジョン・ブラウンという一人の奴隷解放運動家がいた。一八五九年一月一六日、ブラウンは彼の息子たちを含む十数人の同志とともに、バージニア州の小さな町、ハーパーズフェリーに武装侵入し、その町にあった合衆国の武器庫を襲撃し占拠したが、失敗して逮捕された。彼の計画は、この町を根拠地として周囲の地域に出撃し、各地の奴隷を解放しつつ、この結果をもって広い地域に波及し共鳴した人々とともに、一斉蜂起をしようというものであった。しかし、援軍も現れず、それどころか、ワシントンから派遣された海兵隊によって攻撃され、彼の一党はほとんど戦死した。このニュースを聞いて、多くの奴隷解放主義者たちでさえ、無謀だ、乱暴で軽率だとジョン・ブラウンを責め、彼の弁護を躊躇《ためら》った。一二月二日に彼の処刑が決まった。

ソローは彼に会ったことがあった。ブラウンの武力行使を認めたわけではないが、「祖国が悪に囚われているとき、彼は政府に立ち向かう勇気を持っていた」という点で、ブラウンに望ましい人間の生き方を見た。

「統治する者と、統治される者がともに無節操な国で、誰が平静でいられようか」と言って、ソローはブラウンを守るために、誰よりもいち早く立ち上がった。そして、コンコードの公会堂で『ジョン・ブラウン大尉の擁護』と題する講演をすると発表した。当然、町の人々や友人までもが反対した。それに対して、ソローはこう言った。

「私は講演をしますと知らせたのであって、あなた方に忠告を求めたのではない」

講演の日、町の行政委員たちが鐘を鳴らすのを拒否すると、彼は自分で鐘を鳴らして人々を集めた。彼の講演は数日のうちに、三回も繰り返し行われたが、三回とも会場は満員の聴衆であふれていた。

しかし、ジョン・ブラウンは予定通り処刑された。この事態に、ソローは彼の追悼のためにさらに迫力ある論文を書いた。

一八六〇年七月四日、ニューヨーク州ノース・エルバで、ブラウンの埋葬式が行われた。ソローが亡くなる二年前のことで、彼は衰弱しきっていた。席上、この原稿は、ソローの代理人によって読み上げられた。

「気高い行為がなされたとき、それを正しく評価する用意のあるのは誰だろうか。自ら気高い人々である。……心のうちに呼応する光のない者に、どうして光を見ることができるだろうか」

ソローの講演に対して人々の中には、ブラウンはそのような賞賛に値する人物かどうか、という意見もあった。ソローにとってそんなことはどうでもいいことだった。その人格がどうであれ、ブラウンが命の危険も顧みず、奴隷解放というたった一つの目的を遂げるために、自身も息子や同胞の命さえ犠牲にして行動したことを、賞賛したのだった。

むしろ、ソローはブラウンが釈放されてはいけない、と訴えていた。「私がこうして話しているのは、彼の目的を人々に分かってほしいからである。彼の肉体の命ではなく、彼の品性——不滅の命——こそ救ってやってほしい。この国で一番勇敢で尊厳を持った人物が、絞首刑にならねばならなかった必然が、今私にはよく分かる、ブラウンも分かっているはずだ」

ブラウンは自己を犠牲にして闘い処刑された。ソローはブラウンを「世の中を目覚めさせるために、自ら模範を示す」という、超絶主義の原則を守った人であると述べた。だから、

「もし政府が彼に対して、少しでも寛大さを示したり、少しでも妥協したり、あるいは少しでも何らかの取り引きをしたりすれば、この人物は永久に不遜な者という疑惑をぬぐうことはできない」

間違った制度を武力で支配しようとする政府と対決したブラウンには、最期に潔い幕切れをすることを望んだのであった。

ソローは、社会の不正義に対しては、不服従に徹した。それを徹底するためには武器を持って反抗することもありうる、という考えも含んでいた。なぜなら、正義は法よりも重く、個人の良心によるものである。社会正義のためには一貫して自分の信念を貫く生き方を、心に思うだけでなく、実践されなければならない、と信じていた。ソローは、世の中の人々が不正を糺《ただ》そうともしない、正邪を曖昧にする、世間的な名声、成功だけを求めて時間を費やすことを嫌った。それが、彼の徹底した自然観察から導かれた真実であった。

ソローの病は鉛筆の改良と改造のために鉛を吸って肺病になっていたことや、当時ボストンに蔓延していた結核に伝染していたのではないかと言われている。

にもかかわらず、晩年に講演旅行や、吹雪の中での古木の年輪を調査する間に、風邪と気管支炎、そして肺炎を併発したのが、短命の直接の原因だった。

ソローの健康が日に日に衰えていくのを見て、家族や友人は、暖かいミネソタへの転地療法を勧め、ソローもその提案を受けて、しばらくその地で療養したが、健康は回復しなかった。

一八六一年の秋の終わりに、ソローはウォールデン湖畔を散歩した。彼は寄せては返す波の音を聞きながら、優しい日差しの中に佇んでいた。

「湖はさざ波が立っても皺一つ残さず、永遠に若いんだね……」

それがソローの最後の散歩になった。

一八六二年五月六日、夜の九時。ヘンリー・ディビッド・ソローは静かに息を引き取った。四四歳であった。

ソローは最期のときまで『メインの森』の最後の部分を推敲していた。彼の最後の言葉は、「アメリカへラジカ」と、「インディアン」であったという。

ソローの亡骸は、通りに面した明るい部屋に横たわっていた。その部屋は病人の過ごしていた部屋とは思えないほど、花や絵画、本や果物があふれ、そして、ナサニエル・ホーソーンが彼に贈ったミュージック・ボックスが置かれていた。ソローが亡くなる少し前にも、友人が香りの良いハーブの花束を持って見舞いに来ていた。彼の家族や友人にとって、ソローと過ごした最期の日々は言葉にならないほど、愉快で、何かしらとても楽しく美しかった。

五月九日、午後三時。コンコードの空に四四の弔いの鐘の音が鳴り響いた。エマソンは、互いに哲学を理解し、我が子たちを愛し育て、悲しみを共にしてくれた最愛の友を偲び、若き哲人の死を悼んで、葬送に臨んだ。

そして、ソローのまれにみる高潔な生涯を称えて、葬送の言葉を次のように綴った。

「この国は、いかに偉大な息子を失ったかを、まだ、あるいは少しも知らない。彼以外の誰もが成し得なかった仕事の途中で他界するというのは、ひどい仕打ちのように思えてならない。……彼の魂は最も高尚な社会のためにつくられました。

彼は短い生涯で、その可能性を尽くしたのでした。ですから、知恵知識のある、徳のある、美のあるところにはどこでも、彼は住処を見出すことでしょう」

ソローの柩は六人の友人によって担がれ、三〇〇人以上の町の人々と、四〇〇人の子供たちの葬列がゆっくりと墓地に向かって進んでいった。柩が墓に収められたとき、エマソンはつぶやいた。「彼ほど、彼ほど美しい精神の持ち主はいなかった」と。

ソローの物語は、その死をもって終わったのではない。彼独特の生き方は、時代を超えて世界に広がっていった。まるで、小さな種が注意深く地中に植えられ、やがて根を張り、ゆっくりと森を見下ろす大木に成長するかのように。

人間というものは、時として、挫折の繰り返しの中で、そのときは不幸と思われることが、後に幸運であったということがよくある。ただ、往々にして人は、自分の信念を堅く守って、時の来るのを待つということが難しい。

ソローは、人には誰にでも、その人の時季にあった開花の仕方があり、そのときが来るまで「待つ」ことの大切さ、そして、その間に原則に従った生活をすることが大切であることを、彼の全生涯を通して示しているのである。

現代社会は、ソローの時代と比べると比較にならないほど何もかもが変化している。しかし、変化しないものもある。世界の大多数が不幸せであることは、少しも改善しないどころか、日に日に悪くなっている。悪政ははびこり、環境は著しく汚され、疫病は蔓延し、個人の生活は乱れる一方である。そして、人間はいつの時代も同じことを問い、悩み、模索する。「どのように暮らしたら、最高の生き方というものができるのだろうか」と。

すぐそばにある自然、そこにつながる小道は、かつてソローが辿った道。その道を行くと、あなたのウォールデンを見出すだろう。そして森は、ソローを慈しんだように、あなたを受け入れ、変えてくれるだろう。本当の豊かさとは何であるか、が分かる人に。

ソローの病

【解説】

ソローの結核については、ウォルター・ハーディング（Walter Harding）の *The Days of Henry Thoreau*（一九八二）において、ソロー家の結核罹患病歴の詳細を読むことができるが、近年、伝記はもとより、*American College of Chest Physicians* や *The American Historical Review* 等々の医学関連の研究論文等においても、結核とその原因に関する議論が注目されている。議論の中心は、鉛筆製造過程での黒鉛の粉塵吸入による影響関係や、ソローの長年の菜食主義がもたらした低栄養状態に因る抵抗力の減退と結核との関連、末期の異常に朗らかな様子と結核の一症状といわれる多幸症との関連、圧倒的な戸外活動の習慣が病の進行を抑え、長期間小康状態を保てたのではないかと推測したものである。

ソローは自分自身の病気についてはほとんど触れることが無かったが、結核についてはしばしば言及している。例えば、一八五九年九月二六日の日記に、「私はヴァーモント州のある家族のことを読んだばかりだが、その一家では何人も肺《はい》癆《ろう》で死んでおり、最近また一人死んだので、二度とそんな病人が出ないようにと、死体の肺と心臓と肝臓を焼いて棄てたそうである」

ソロー家のホームドクターであったジョサイア・バートレット医師は五七年間コンコードの開業医として著名であったが、毎年一月はじめに、彼の患者の領収、未収の請求書を焼却処分し、毎年新しい記録で始めることを習慣としていたため、ソローに関してもカルテが現存していない。その頃の開業医は結核を治す効果的処方といったものはほとんど無く、牧師や、家族、友人の一員として、患者の特定の環境に適合した療養地や療養法を提案したり、日課の改善、室内の換気や寝室の配置といった細かい点などを、具体的に忠告するというものであった。

ソロー家の病歴

彼の祖父ジョン・ソローは一八〇一年に嵐の中、ボストン市中の警邏後に風邪を引き、四七歳で死亡。長年肺癆を患っていたという。

父ジョン・ソロー、一八五九年二月三日七一歳、結核で死亡。

長男ジョン・ソロー・ジュニアは重い肺疾患に悩まされていた。ジョンは一八三〇年ごろから多量の鼻血を出し、度々疝痛を訴えるようになった。ジョンの体重は激減し、立ったままで授業ができないほどに弱りきっていた。結核に因ると言われている。このような理由から、ソロー兄弟が一八三八年六月に始めたコンコード・アカデミーは一八四一年四月に閉鎖せざるを得なくなった。そして、一八四二年一月一一日、ジョンは髭剃り後の傷から破傷風になり二七歳で死亡。

姉のヘレン、一八四九年六月一四日、三六歳で死亡。少女時代から肺癆に罹っていたが、亡くなる一年前の冬から急激に症状が悪化した。

ヘンリー・ディビッドは、一八五五年の春頃から、彼の強靭で活力に満ちた健脚は急激に衰えていく。医者はそれが何に原因しているかを診断できなかった。

一八六〇年の暮れ、ブロンソン・オールコットから悪い風邪を移され、それが彼の死病の始まりとなった。医者は西インド諸島か南ヨーロッパへの療養を勧めるが、五月になって、当時結核患者の療養地として知られ、いとこが療養していたミネソタに出かけたが、一〇月には健康が回復しないままコンコードに帰った。

そして、かつての友人たちの見舞い訪問を受けて過ごした居間で一八六二年五月、四四歳で安らかに息を引きとった。彼は最後まで明るく冷静に振る舞いながらも、不眠に悩まされていたが結核治療に使用されていたアヘン剤の服用は断っていた。

ウォルター・ハーディングによると、ソローの結核について、家業の鉛筆工場で、鉛筆の芯の改良に大きな実績を挙げたが、その結果として、製造過程で起こる鉛の粉塵は工場内部に止まらず、隣接する住居にまで及んだ。友人が居間のピアノのフタを開けたところ、鍵盤が鉛筆の粉塵で覆われていた。これらが著しくソローの肺を刺激したのではないかと、述べている。

ハーディングはさらに、「推測ではあるが」と前置きし、ソローの結核罹患の関連性を当時の暖房として使用されていたエアータイトストーブを挙げている。この密閉型ストーブは、できるだけ少ない空気でゆっくりと薪を燃焼させる目的の構造であるが、これは結核細菌の侵入に影響しているのではないかと指摘している。

伝記はもとより、近年の医学関連の研究論文等においても、結核とその原因に関する議論が注目されている。

〈付録〉

この本はソローを中心にしているが、ソローと非常に近かった人々の中から二人選び、その病について説明する。

コンコードの文人たちの病

ラルフ・ウォルドー・エマソン（Ralph Waldo Emerson 一八〇八―一八八二）。彼の研究者および伝記作家によると、今日、その症状から判断して明らかに結核で、結核には伝染説と遺伝説があるが、彼は家族性結核の典型であると言われる。ラルフ・ウォルドーの孫で、エマソン一族の一一代目に当たるヘヴン・エマソン医師（Haven Emerson）は、彼の家系が結核であったと*Five Generation of Tuberculosis*（1949）において詳細に伝えている。この中で彼はエマソン家一一代を二つに分け、最初の五代を一六三八年から一七七六年、次の五代を一八一一年から一九三八年に分けて、特にラルフ・ウォルドーの父ウィリアム・エマソン牧師（Rev.William Emerson 一七六九―一八一一、六代目）から顕著となった結核罹患の様相を明らかにしている。また、*The Emerson Brothers*（2005）に見られるエマソン兄弟や家族間の膨大な書簡のやり取りには、病に苦悩するエマソン家の状況が切々と綴られており、その苦悩を察するにまことに哀憐の情に堪えない。

エマソンの最初の妻エレン・ルイーザ・タッカー・エマソンも結核に冒されていた。新婚生活は二年も経ずに、一八三一年二月八日、エレンは二〇歳で世を去った。エマソンは彼女の死が受け止められず、毎日ロックスバリーの墓地を訪れ、一八三二年三月二九日の手記には、「私はエレンの墓へ行き、棺を開いて泣いた」と記している。

ルイザ・メイ・オールコット（「若草物語」の著者）は一八六〇年、彼女が三〇歳のときにユニオン・ホスピタルの従軍看護師としてバージニア州ジョージタウンに行った。その時の記録として一八六三年「ホスピタル・スケッチ（*Hospital Sketch*）」を発表した。

同年、病院で彼女が感染した腸チフスと肺炎は生涯彼女を苦しめることになった。腸チフスと肺炎の治療のために処方された塩化第一水銀による水銀中毒のため、激しい頭痛と、胃弱、めまいに苦しんだのであった。家に戻ったときは高熱のために妄想状態が続き、激しく脱毛してしまう。それ以来彼女はヘアーピースをつけることになった。一八八八年五五歳、死亡。彼女の父ブロンソン・オールコット（Bronson Alcott）が亡くなった二日後であった。

エマソンやソローは自身の結核罹患の体験を作品に据えて言及することはなかったが、本文に掲載した彼らの系譜を一見すると、結核に打ちのめされた家系はあまりに無惨である。アメリカ本土での感染予防の社会的措置が徹底するのは一九五〇年以降である。それまではこの病の本質、診断、治療についての無知、社会的衛生観念の欠如、貧困、栄養不足、急速な産業革命に伴う過重労働と劣悪な労働条件があった。患者は「伝染説」や「業病」という誤解や偏見に苦しみ、一方「遺伝説」では当時のボストン、コンコード一帯ではこの病気は悪性の遺伝素質に基づくものと考えられ、一家の汚辱と考えていた。結核による死亡が一家に起きると、その一家のみならず、友人知人までが恐怖と絶望感に苛まされたという。エマソンやソロー自身も結核の激しい発作と死への恐怖に怯え懊悩煩悶《おうのうはんもん》しながら、次々と死に逝く最愛の肉親を看取るのであった。そのような壮絶な結核による一連の惨害を蒙《こうむ》りつつも、日夜の創作活動は弛《ゆる》むことなく続けられ、清冽な作品を世に送り続けたのであった。

ヘンリー・ディビッド・ソロー年譜

一八一七年

七月一二日　マサチューセッツ州コンコード、バージニア通りに面したペンキも塗られていない農家で、父ジョンと母シンシアの三番目の子として誕生した。

長女ヘレンは一八一二年、長男ジョン・ジュニアは一八一五年に生まれた。

一〇月一二日　コンコードのファースト・パリッシュ教会でエズラ・リィプリィ牧師によって洗礼を受け、ディビッド・ヘンリーと命名される。（後に、ハーバード大学の学生時代に彼はヘンリー・ディビッドと改名する。）

一八一八年

三月　ソロー一家はバージニア通りからレキシントン通りに引っ越す。

一八二二年

ソローは二三年後の日記に、彼が五歳になったこの年に初めてウォールデン湖を訪れたときの印象を書いている。

一八二七年

初めてのエッセイ『Season（季節）』を書いた。

一八三三年

夏　ソローは初めてボートを作る。ボートの名は「ローバー、The Rover」

八月　ハーバード大学の入学試験を受け、合格する。三〇日には寮に入る。九月一日ハーバード大学の一年生としてスタート。ギリシャ語、数学、ラテン語、歴史を受講する。

バトラーの『エラスムスの人生』(Butler's "The Life of Erasmus, with Historical Remarks) をハーバード図書館から借りる。ソローは彼の人生で一、四七八冊の本を読んで、そのリストを残しているが、この日に借りたバトラーの本をきっかけにして読書量を増やし、気に入った文章を自分のノートに書き写していった。

一八三四年

七月　二五ドルの奨学金を貰うことになる。この年にラルフ・ウォルドー・エマソンがコンコードに移住し、彼の生涯をこの地で過ごすことになる。

一八三五年

一二月から翌年の三月まで、ソローは大学を離れて教職に就く。ハーバードは貧しい学生が学費を稼ぐために短期間大学を離れて仕事をすることを許可していた。ソローは教育者で哲学者のブロンソン・オールコットに会う。ソローとブロンソンは六週間ともにドイツ語を学ぶ。このときに、彼の知性は熟成する。

一八三六年

五月　病気のために大学を休校する。(ソローの病気は結核であったであろうと言われているが、彼の祖父、父、姉は結核で亡くなり、兄ジョンも結核を患っていた)

九月一二日ハーバードに戻る。自然哲学、哲学、ドイツ語、イタリア語、英語、そして修辞学と評論の講義を受ける。

鉛筆の仕事のために父と一緒にニューヨークに行く。

一八三七年

七月　大学四年の必修科目の単位を取得する。成績は一クラス四四人中、一九位で、彼の全成績の総合点は一四、三九七であった。

八月　ハーバード大学を卒業する。この夏、友人チャールズ・スターンズ・ウィラーがフリント湖畔に建てた小屋で休暇を過ごす。ソローは、エマソンの『自然』（"Nature"）を読む。この本は若きソローに強い影響を与え、エマソンと親しく話をする機会を得て以来二人の友情は生涯続くことになる。

卒業式の翌日、ハーバード構内でエマソンが『アメリカの学者』（"The American Scolar"）を記念講演する。

秋　ハーバード大学を卒業後、センタースクールの教師に採用されるが、理事会の教育方針「ムチを使っての教育」に対立して辞職する。友人に頼んで教師の仕事を探したが、見つからない。

ところで、兄ジョンの場合はすんなりと教職を得ることができた。ソローは自分の名前ディビッド・ヘンリーをヘンリー・ディビッドに改名する。

家業の鉛筆工場を手伝い鉛筆の芯の改良に大きな成果をもたらす。

一〇月　この日から『日記』を書き始める。

この年はアメリカ社会が初めて体験した〝一八三七年恐慌〟という不況の年であっ

た。イギリス本国ではビクトリアが女王になった。

一八三八年

四月　コンコード公会堂にて、初めての講演をする。題は「社会」（"Society"）。
五月　メイン州に初めての長期旅行をする。
六月　私立学校を開校する。

一八三九年

二月　開校したが、生徒が集まらず兄ジョンに手紙を書いて協力を頼む。兄ジョンが教師として協力してからは学校運営が順調になる。
七月　ソローの生徒でエドモンド・クインシー・スウォール・ジュニアの姉エレン・スーウァルが学校を訪問する。ジョンとヘンリーは同時に彼女に恋をし、後に結婚を申し込むが二人とも、宗教上の理由で断られる。
八月　兄弟でボートでの川下りの旅を体験する。この旅行はソローの最初の本『コンコードとメリマック川の一週間』の元となった。

一二月　ソローは当時有名なユニテリアンの牧師だったウィリアム・エラリー・チャニングの同名の甥と知り合い、以来彼らは最も親しい友人となる。

一八四〇年の国勢調査によると合衆国の人口は白人が一四、一八九、七〇五、奴隷が二、四八七、三五五、そして自由黒人が三八六、二九三であった。

一八四〇年

超絶主義グループの機関紙「ダイヤル」が発刊され、ソローの詩とエッセイが掲載された。

一八四一年

四月　ブロンソン・オールコットが中心になってコンコード郊外に建設したユートピア的生活共同体ブルックファームにエマソンとソローが誘われるが、二人とも参加することを断る。

ブルックファームは短期間で閉鎖された。

エマソンの家に住み込んで家の仕事を手伝う。エマソンはイギリスの作家で友人のトーマス・カーライルに、「私の家に同居している、若くて気品があり、機敏でしかも将来が楽しみな詩人ヘンリー・ソロー……」という手紙を出している。

一八四二年

一月　兄ジョンがカミソリで作った小さな傷がもとで破傷風になり、二七歳の若さで死去。

二七日エマソンの五歳の息子ラルフが猩紅熱で死去。

ソローとエマソンはこの共通の悲哀を共有することによって、二人の友情はますます深まることになる。

八月　ソローは作家で友人のナサニエル・ホーソーンに晩餐に招かれる。ホーソーンはこの時のソローの印象を詳しく記録した。文中で、ホーソーンはソローの綴り、Thoreau を Thorow と綴っている。

九月　ソローはホーソーンに彼が新しく買ったボートの扱い方を教える。

一八四三年

二月　コンコード公会堂でサー・ウォルター・ローリーについて講演をする。このころから年に一回の割合で講演をするようになっていった。「ダイヤル」誌の編集を手伝う。
三月　ニューヨークにいるエマソンに何か仕事を見つけてほしいという手紙を書く。エマソンはニューヨークのスタテン島で判事をしている弟ウィリアム・エマソンに紹介し、ソローは彼の子供の家庭教師として働くことになる。給料は一年一〇〇ドルで、交通費と部屋代は支給される。彼はニューヨーク市を訪れ、ヘンリー・ジェイムスやホーレス・グリーリーといった超絶主義の人々に会ったり、出版社を訪ねるが断られてしまう。彼はたびたびホームシックになる。
一二月　スタテン島での仕事を辞めて、永遠の故郷コンコードに帰省する。
この年の夏、ウォールデン湖の側を通ってボストンからフィッツバーグまでの線路がしかれた。

一八四四年

八月　女性の奴隷解放運動の推進グループの会合がコンコードで開かれ、エマソンが講演した。ソローは多くの人がエマソンの講演を聞くために会合に参加するよう裁判所の鐘を鳴らした。

この年にサミュエル・モールスの電信機が発明され、それによってジェイムス・ポークが大統領に指名されたというニュースが伝えられた。ポークは一一月の選挙で第一一代アメリカ合衆国大統領に選ばれる。鉄道と電信の発明によってアメリカ社会は大きく変化する。

一八四五年

五月　ソローはエマソンが所有していたウォールデン湖畔の土地を借りて長年の夢であった生活を始める。ブロンソン・オールコットから借りた斧で松を切り倒し小屋を建てる。

七月　アメリカ合衆国独立記念日を選んで小屋に引っ越す。まだ未完成の小屋で必要最低限度の用具で実験生活を始める。秋に暖炉と煙突を作り、一一月～一二月に内壁の漆喰塗を終える。

新しい家で、フルタイムの作家としての第一作はトーマス・カーライルについてのエッセイ。『コンコードとメリマック川の一週間』を書き、『ウォールデン――森の生活』の草稿を書き下ろす。

一八四六年

一月　ウォールデン湖の湖底を測量する。

二月　コンコード公会堂でトーマス・カーライルについての講演をする。

この年の五月四日アメリカはメキシコへの侵略戦争を開始。合衆国側はパロ・アルトで勝利。戦争は一八四七年まで続く。

七月　税金未払いの罪で一晩を刑務所で過ごす。

ソローは、メキシコ侵略戦争や奴隷制度を許している政府を支持しないという態度を表明する意味で税金を払わなかったが、叔母がこっそり立て替えたことによって放免となった。

ソローはこの経験を元にして、『市民の抵抗』（*The Civil Disobedience*）を書き、この論文は後に有名になる。

一八四七年

二月　コンコード公会堂で『ウォールデン』の最初の講演をする。

二度目のウォールデン講演の評判が良く、この成果は本を書き続けることに自信をもたらす。

九月　二年二ヵ月二日の森の生活を終了。

エマソンが長期のヨーロッパ旅行に出かける。彼の留守中の世話をする。三〇日ハーバード大学同窓会の書記に身上報告をする。それによると

「未婚者。職業か商業かわからない仕事をしています。それもいまだ精通しておらず、どれも習う前に乗り出したことばかりです。そのうちの商業的なものは私が独力ではじめたもので、いくつもあります。その怪物の頭を紹介しましょう。私は学校の教師であり、家庭教師、測量士、庭師、農夫、ペンキ屋、大工、左官、日雇い人夫、鉛筆製造人、紙やすり製造人、文筆家、そしてへぼ詩人であります。諸君がアイオロスの役目を買ってでてこれらの怪物の頭のいくつかに焼け火箸をあてて焼け落としてくださるなら有難いことです。私の現在の仕事はこのような何でも屋の広告から生じてきそうな注文に応じることです。ただし、当方の気が向いたらの話です。私は、一般に仕事あるいは勤労と言われているものをせずに生きる道を発見したので、必ずしもそれに飛びつかないのです。実のところ、私の主な仕事――それが仕事と言えるな

ら——は、自分自身を自分の諸条件の上に据えて、天地間に起こるあらゆる事態に即応できるように常にしておくことです。」

一八四八年

一月　コンコード公会堂で一晩の牢獄体験と個人と国との関係について講演する。

七月　エマソンがヨーロッパから帰国する。ソローは家（テキサスハウス）に戻り、測量器具を得て、宣伝用の手製のビラを撒く。

一一月　セーラムで「ニューイングランドの学生生活——その経済」と題して講演する。これは『ウォールデン』の第一章で使われたもの。

ケンブリッジで詩人のロングフェロー、ホーソーン、エラリー・チャニングと晩餐をともにする。

一八四九年

カリフォルニアのゴールドラッシュが最高潮に達する。

一月　コンコード公会堂で「ホワイトビーンとウォールデン湖」という講演をする。

二月　セーラムで再度講演。

五月　『コンコードとメリマック川の一週間』を出版する。
『市民の抵抗』をエセティク・ペーパーに出版する。
ケープコッドに最初の旅行をする。
姉ヘレンが結核で死亡。三七歳だった。
一〇月　エドガー・アラン・ポーが死去。

一八五〇年

七月　友人マーガレット・フラー一家の乗った船がニューヨークの近くのファイヤー島で難破する。マーガレット・フラーは女性ジャーナリストで超絶主義グループの一員でイタリアに取材旅行中に知り合った青年貴族と結婚、男児が一人いた。
七月　ソローはフラー一家の遺体引き取りのために、ファイヤー島に向かう。遺品としてマーガレットの夫のコートが見つかっただけだった。ソローはそのコートのボタンを持って帰る。
八月　メインストリートの「イエローハウス」に引っ越す。この家がソローが晩年を過ごした家となる。

一二月　マサチューセッツ、ニューベリーポートで講演。
一八五〇年の国勢調査によると、アメリカ合衆国の総人口は二三、九一一、八七六。

一八五一年

この年にソローはたくさんの講演と測量をする。

一月　ケープコッドについての講演をマサチューセッツ、クリントンで行う。

ウォールデンについての講演をマサチューセッツ、メルフォードで行う。

四月　逃亡奴隷トーマス・シィムスがボストンで逮捕されたことにより、奴隷解放運動者たちが擁護のために立ち上がる。

シィムスはジョージア州に奴隷として送り返される。ソローの日記はこの事件の不公平に対する考えを綴っている。

一八五三年

度々ウォールデン湖を訪れた。頻繁に講演や測量をしているが、精神的には鬱々とした一年であった。二度目のメインの森への旅行をしている。

一八五四年

七月　フラミンガムの奴隷制度反対の大会でソローは『マサチューセッツの奴隷』と題した講演をした。

八月　『ウォールデン—森の生活』を出版。秋オックスフォード大学を卒業したトーマス・チョムリーというイギリス人がエマソンを訪問するためにコンコードに来るが、ソローと出会い親しい友人となる。

一八五五年

一一月　イギリスの友人トーマス・チョムリーから四四巻の東洋文学書を贈られる。ソローはこの本のためのケースを作る。

一八五六年

広範囲にわたる土地の測量と各地での講演活動を続ける。

一八五七年

ケープコッドとメインの森を旅行。

二月　ジョン・ブラウン大尉に会う。その日の午後二人は昼食を共にしながら、人種差別運動について意見を交換する。エマソンはソローを通してブラウンを知る。

一八五八年

ホワイトマウンティンとモナドナック山へ。

一二月　トーマス・チョムリーがソローを訪問。

一八五九年

一月　ジョン・ブラウン大尉がコンコード公会堂で講演し、そこでソローは二度目の会見をする。

二月　ソローの父ジョンが七一歳で死去。家業の鉛筆工場の経営は全面的にソローに委ねられる。夏コンコード川の測量で多忙。

一〇月　ソローとオールコットはエマソンの家でブラウンがハーパーズフェリーで政府の武器弾薬庫を襲撃して捕らえられた、というニュースを聞く。

一一月　ジョン・ブラウン大尉のためにボストンで演説。

ウォーセスターでも演説。

一二月　ジョン・ブラウン大尉はバージニアのチャールズタウンで絞首刑。ソローは刑の執行時間に合わせて教会の鐘を鳴らしたいと申し出たが拒否された。追悼ミサでブラウンのために数編の詩を読み上げる。

一八六〇年

この年のアメリカ合衆国の総人口は三一、四四三、三二一。その内白人が二六、九二二、五三七、黒人奴隷三、九五三、七六〇、自由黒人四八八、〇七〇。

リンカーンが大統領に選ばれる。

ソローは人間社会に対して一段と批判的になり、その反動のように自然現象の観察に没頭していく。

一月　新刊本、チャールズ・ダーウィンの『種の起源』を読んでいる。

二月　コンコード公会堂で「野生のりんご」を講演。

七月　コンコード一帯の温泉の温度と源流を記録。

『ジョン・ブラウンの最期の日』（The Last Days of John Brown）をリベレイター誌（The Liberator）から出版。

一〇月　"The Succession of Forest Trees"がニューヨークのウィークリー・トリ

ビュー ン（Weekly Tribune）から出版。

エィブラハム・リンカーンが合衆国大統領に選ばれる。即座に株価が暴落する。

一二月　木の切り株の年輪を数えていて風邪をひき、これがもとで気管支炎になる。旅行のできる体調ではないにもかかわらずコネチカット州のウォーターベリーに講演に赴く。

一八六一年

五月　フォーレィス・マンに伴われてミネソタ州で転地療養する。二人はナイアガラの滝、デトロイト、シカゴ、セント・ポール、ミネソタ川の三〇〇メートル上流にあるレッドウッドにインディアンの儀式を見学に行く。ソローの体調は最悪になる。

七月　コンコードに戻る。

一八六二年

五月六日　午前九時、四四歳の全生涯を終える。彼の最期の言葉は「ヘラジカ」と「インディアン」であった。最期の時の直前までいくつかのエッセイを書き続け、そのいくつかを出版社に送り、報酬を得ている。

五月九日　午後三時、コンコード、ファースト・パリッシュ・チャーチで葬儀が執行される。エマソンが弔辞を読み上げる。

ソローの遺骸は何度か場所を移動し、現在はエマソン、ホーソーン、チャニング、オールコット等の墓のあるスリーピー・ホーロー墓地に家族と共に眠る。

（補注）

ソローの死の直後のアメリカは「奴隷制」をめぐって北部と南部が分裂して争い、アメリカ史上最大の悲劇といわれた「南北戦争」を引き起こす。この戦争を通じて北軍は約三六万人、南軍は約二六万人の死者を出した。この合計六二万人の死者という数字は第一次世界大戦での戦死者数約一二万人、第二次世界大戦の約三二万人をはるかに上回っている。一八六〇年の総人口が三、一四四万人であった。

独立後のアメリカは西部へ領土を広げ、一九世紀半ばには大西洋から太平洋にまたがる大陸国家を築いていた。北部の工業地帯では、工業の発展のために関税を高くして市場を南部に広げようとしていた。アメリカは独立革命時代に平等主義と自由主義を唱えて独立した国である。その国が奴隷制を認めているのは矛盾しているとして奴隷制を批判する運動が北部で起こり、ストウ夫人の『アンクルトムの小屋』が発表されて以来、反対運動が強まっていった。一方南部では黒人を奴隷として使い綿花を栽培してこれをイギリスへ輸出し、イギリスから工業製品を輸入していた。南部の大農場では綿花の生産に黒人奴隷の労働はなくてはならないものであった。南部も西部に進出しなければならず、そのために西部にできた新しい州が奴隷制を認めるかどうかは死活問題であった。

「もっと奴隷を増やして西部でも綿花を作りたい」とする南部と、「奴隷制は人道に反するものだ」とする北部の対立が深まる中で、奴隷制の廃止を主張するリンカーンが大統領に当選した。そこで南部は、一八六一年に南部七州が合衆国から離れて、ジェファーソン・ディビスを大統領としてアメリカ連合国を作り、あくまでも奴隷制を守ろうとした。建国後はじめての国家分裂の危機に直面したのであった。南部のチャールストンにあった合衆国の要塞を、南部の軍隊が攻撃して戦争の火ぶたが切り落とされた。南部の連合国側は一一州に増え、はじめは優勢であった。しかし、北軍は南部を海上から封鎖したため、ヨーロッパからの補給に頼っていた南軍は苦戦を強いられることになり、その上北部は工業地帯であったので武器や必要物資を製造することができた。

リンカーンは西部の州を味方につけるために、「ホームステッド法」を適用した。この法律は、公有地に五年間定住し、開墾に従事した者には、一六〇エーカーの土地をただで与えるというものだった。

一八六三年リンカーンは奴隷解放宣言をして、ゲティスバーグでの戦没者追悼式典で有名な「人民の、人民による、人民のための……」という演説をした。

一八六五年南部のリッチモンドが占領されて南北戦争が終結した。

この戦争で南部は敗北を認め、再び合衆国に対する忠誠を誓ったが、南部人はこの敗北の挫折感から北部人に対する強い憎しみを植えつけることになった。北部人は国家の分裂の危機を避け、再び国が統一され、国民的信条としての「自由平等」と明らかに反していた奴隷制が廃止されたことで満足し、この戦争を正義のための聖戦と正当化し美化した。

即ちこの戦争の火種となった人種間の平等についての問題は国家が実質的に実現す

るための努力を回避したまま国家再建のために産業発展による富の追求を第一とする「金箔の時代」に移っていくのであった。このため黒人に対する社会的差別はなくならず、黒人の権利保護への関心の高まりは次の一〇〇年後まで待たねばならなかった。

さて、この頃の日本はどういう情勢だったのであろうか。

一八五三年六月三日、今の日付に換算すると七月八日、アメリカの東インド艦隊司令官ペリーの率いる四隻の黒船が浦賀（神奈川県横須賀市）沖に錨を下ろした。

江戸時代の末期である。徳川幕府は鎖国し、外国との交流をできるだけすくなくしていた時であった。国内には約二六〇前後の藩があり、士農工商を主な軸とする身分制度があり、その上に、徳川幕府の支配は成り立っていた。長い鎖国政策のなかで、国を開いて厳しい国際社会の一員となっていくのは不可能に思われた。しかし、対外的には外国と交流し、西欧の軍事技術を取り入れ、国内的には藩と身分制度の改革が必要な状況に時代は変わりつつあった。だが、このような時代の変化や国政の改革に反対する勢力も強く、幕府政治は動乱の色合いを濃くしていった。

西欧には絶対主義の時代から市民革命をへて産業革命を起こし、資本主義社会の近代国家が成立していた。ヨーロッパと西洋の西にあるアメリカは、勢力の拡大を目ざして東アジアで合流し、ついに日本に開国を迫ってきたのである。

そのような状況下で人々は強力な指導力を持つ指導者を求めた。第一四代徳川家茂が急死。徳川慶喜が十五代将軍となる。激動の中で幕府の維持を望んで、大老井伊直弼が就任し将軍後継ぎ問題で朝廷に同意を得ないまま条約に調印し幕府の意向を実現しようとした。安政の大獄で幕府を批判した人々が処刑される。翌年の三月三日江戸城桜田門で井伊直弼が暗殺されて幕府の権威は急速に衰え、天皇の権威が上昇して、政治の中心は江戸から京都に移っていく。

薩摩、長州といった雄藩が登場してきた。その中心になったのは西郷隆盛、大久保利通、木戸孝允らである。各地に志士が生まれ、政治に参加する人々の数が一挙に増加していった。

朝廷をはさむようにして、幕府、薩摩藩を中心とする公武合体派、長州藩を背景にもつ尊皇攘夷派との間に政争は激化していった。下関戦争に敗れた長州藩は攘夷が不可能であることを知って開国論に転じた。薩摩藩は幕府と対立を深めていく。そこで、坂本龍馬の仲介によって、薩摩藩と長州藩が連合し、倒幕運動の主体が出来上がっていった。

幕府は長州征伐に失敗したことで権威を失墜し、徳川慶喜は土佐藩の山内豊信の忠言に従い、大政を朝廷に返した。薩摩と長州の討幕派は、岩倉具視らと王政復古を宣言した。ここに二六五年続いた徳川幕府の時代は終わったのである。一年半も続いた戊辰戦争で徳川家の勢力は消滅し、諸藩は疲弊してその体制を維持できなくなり、民衆は、一揆や打ち壊しなどの行動を通じて自分たちの利益を主張した。これまでの国の秩序は完全に崩壊したのである。

誕生したばかりの維新の政府は江戸時代の体制を解体しつつ、天皇の権威を強調して全国統一のための中央集権を進めていった。廃藩置県によって、江戸時代の政治、経済、社会のもっとも重要な枠組もなくなる。

近代国家構築のための基礎はこうして据えられていったのである。

一八五三年、アメリカのペリーの黒船が日本近海に姿を現して以来、約一五年後の一八六八年七月江戸が東京と改称されて近代国家が誕生したのである。

アメリカは独立国家となって約百年後に国家を二分するような南北戦争を起こしていた。一八六一年から一八六五年にかけてのことである。この国家的危機を合衆国は「統一」という結果で乗り越えた。そしてこのあと、アメリカは世界一強大な国へと成長していくのである。日本も多くの優れた人材を犠牲にして、世界の近代国家の仲間入りをしていったのであった。

あとがき

昨今のシンプルライフへの関心は社会に浸透して、関連した書物も、話題も多い。哲学的な見地から、社会心理学的立場から、あるいは文学的に、様々な視点から眺められている。瀟洒で鑑賞的な挿絵や写真で見るシンプルライフのイメージ的効果は、暫し雑然とした現実を忘れて、高尚な精神的贅沢を充たし、憧れの世界へ誘ってくれる。

ヘンリー・ソローは家業の鉛筆工場経営者、学者、エリートグループの一員。生活の合間に森での実験生活のエッセイを書く……。なんと人も羨む人生を過ごした人か。森に小屋を建てて執筆活動？　彼だから成し得たこと？　ソローは平然と次のように言うだろう。

簡素な生活の醍醐味は「憧れて、眺めること」だけでは味わうことはできない。

自然の中に身を置いてこそ会得するのだ。

とことんな風に言われても、ソローのような実験生活を実践するのは難しいと、読む前から敬遠されそうだ。

ところが『ウォールデン―森の生活』の面白さは、自然観察と同じくらい鋭く人間社会を観察し痛烈に批判しているところである。「人間にとっての本当の幸せは何か」。この永遠の課題について、彼は単純明快にずばり突いてくる。そしてすぐに、当時も今も、人間は少しも変わっていないことを納得する。

ソローは、文明の力で金持ちになった贅沢な世界と、それをあんぐり見ている庶民にも大いに興味があったらしい。両者に対する遠慮ない手厳しい批判には大笑いし、読後にスカッと爽快な気分になるのである。要するに、今の社会に向けて発している ことばかりだと思うからである。

本書には、ソローが『日記』に述べた率直な感情の吐露も各章の解説に含めたが、まとめとして、ソローはこんな風に書いている、ということを簡単にご紹介したい。
1.「人間は、なぜ大自然の中に身を置くことが大切か」

それは、人間社会で学ぶことは、人まねに過ぎない。自然に分け入ってこそ、素の自分を発見し潜在能力のほとばしる感覚を体感する。なぜか。人間は自然の一部だからである。一日を大自然のリズムに合わせて気持ちよく目覚め、星明かりに照らされて眠りに入る。自然のリズムは深く人生と関連し、生活を豊かにするのに役立つ。日中は五感を研ぎ澄まして大いに働け！。

2. 人間にとって必要な物は最低限の簡素な「衣食住」。それ以上のことは贅沢にすぎない。慈しみ深く自分を取り巻く小さな宇宙を発見しよう。

3. 「友人のこと」について端的に言おう。人は召し使いや奴隷を買えるかもしれないが、友人を買うことはできない。良き友人はめったに見つからないものであるから、見つかるまでは一人でいるほうが良い。本を開いて遠い昔の友人と語り合おう。時空を超えた存在も友人の一人になるのだ、と私は断言する。

筆者はこれまで三度、ソローに対面している。初めてその名を聞いたのは、一九六八年、アメリカ合衆国テキサス州フォートワースの郊外にあるカレッジで学んでいた時のこと。アメリカ文学の若い講師が、「自分は毎年夏休みを、森で、ソローのような生活を楽しむ」というようなことを言った。第二次世界大戦後、アメリカは黄金の五〇年代を経て世界にアメリカン・スタンダードの気流が循環していたが、六〇年代後半から七〇年代に深刻な「挫折」によって若者の反戦運動も激しかった。友人が、「この先生はヒッピーかもしれない」と言っていたが、その教師の言葉はとても厳かな印象で脳裏に残った。

二度目は、四〇代になって挑戦した大学院でのアメリカ文学研究生活でのことだった。当時、生活は落ち着かず、子育ての最中で、苛立ちや葛藤も強かった。その頃の日本はバブル期の騒々しい余韻がまだ残っていて、贅沢な時代だった。また歴史小説の大ブームで、テレビなどでも華々しく歴史上の人物が登場していた。私はある時ふと司馬遼太郎の作品を手にした。『竜馬がゆく』の時代は、アメリカではソローの時代と重なっていたのが興味深かった。その頃、アメリカは史上最大の悲劇といわれる南北戦争が勃発。日本では、多くの優れた若い人材を犠牲にして、近代国家に変わる時代であった。次々と司馬文学を読み、胸に突きあげる思いを手紙にして司馬氏に送ったところ、数日後に、思いがけないご返事を頂いた。それには、勉学を続けることへの励ましとともに、小学生にも読めるソローの伝記を纏めてはどうかというご提案と、『ソローとはこんな人』というタイトルまで頂いた。私のような者にとっては、目のくらむようなことだった。それでも何とか実現したいという気持ちで、コンコードを二度訪問した。ウォールデン湖はソローが描いた通りの湖であった。小屋の跡地から湖を眺めると、本の中の風景がそのまま広がっていた。幸運なことにその地では、多くの人々と出会い、懇切な協力と支援を頂いた。中でもダグラス・ベーカーご夫妻とのお付き合いは二六年以上も続いて、いまだにソロー研究の助けを頂いている。

司馬遼太郎氏は一九九六年二月一二日、突然亡くなられ、『ソローとはこんな人』は、その年の七月に自費出版した。司馬遼太郎さんはあまりに偉大で、私はあまりに未熟であり、頂いたタイトルで本を出版するということは、不遜なことだった。その忸怩たる気持ちは未だに心の奥深く残ったままである。

そして三度目の今、人生を片付ける時期に再びソローに向き合っている。これまでも、ゆっくり座ってものを書くという物理的、精神的な余裕はなく、老年になったらますます人生は生きづらくなった。しかしながら、それでも、晩年でソローを読み返すことができるのは、何はともあれ、良い人生であったと思っている。

このたび、出版に一歩踏み出すことができたのは、文芸社の講評があったからだった。「今このコロナ禍だからこそ前向きに」、という言葉に励まされて決心した。本を出版するということには、これだけ多くの時間と人々のお力添えがあって出来上がるということも教わった。

文芸社の山田宏嗣様、本の制作に携わってくださった皆様に謹んでお礼申し上げます。

著者プロフィール

毛利 律子（もうり りつこ）

1949年生まれ
アメリカ合衆国テキサス州フォートワース市タラントカウンティカレッジ・リベラルアーツ修了
慶應義塾大学文学部卒
岡山大学大学院英米文学科修了
現在ブラジル・サンパウロ市在住
著書に『ソローとはこんな人』、他共著

ソロー流究極のシンプルライフ

2021年７月15日　初版第１刷発行

著　者　毛利 律子
発行者　瓜谷 綱延
発行所　株式会社文芸社
〒160-0022　東京都新宿区新宿1－10－1
電話　03-5369-3060（代表）
03-5369-2299（販売）

印刷所　株式会社フクイン

ISBN978-4-286-22776-4